El desapego es una manera
de querernos

El desapego es una manera de querernos

SELVA ALMADA

LITERATURA RANDOM HOUSE

El desapego es una manera de querernos

El cuento "Off side" fue publicado inicialmente
en *Las dueñas de la pelota*, El Ateneo, 2014.

Primera edición en Argentina: octubre, 2015
Primera edición en México: agosto, 2016

D. R. © 2007, Selva Almada
c/o Agencia Literaria CBQ, SL
info@agencialiterariacbq.com

D. R. © *2015, Random House Mondadori S. A.*
Humberto I, 555, Buenos Aires.
www.megustaleer.com.ar

D. R. © 2016, derechos de edición mundiales en lengua castellana:
Penguin Random House Grupo Editorial, S. A. de C. V.
Blvd. Miguel de Cervantes Saavedra núm. 301, 1er piso,
colonia Granada, delegación Miguel Hidalgo, C. P. 11520,
Ciudad de México

www.megustaleer.com.mx

ISBN: 978-607-314-613-5

Impreso en México – *Printed in Mexico*

El papel utilizado para la impresión de este libro ha sido fabricado a partir de madera procedente
de bosques y plantaciones gestionadas con los más altos estándares ambientales, garantizando
una explotación de los recursos sostenible con el medio ambiente y beneficiosa para las personas.

Penguin
Random House
Grupo Editorial

Nota preliminar

Los relatos de esta edición fueron revisados por la autora.

Niños se publicó por primera vez en la Editorial de la Universidad de La Plata, en 2005. En 2007, la editorial Gárgola lo incluyó en el libro *Una chica de provincia*, al que pertenecen también las series de relatos "Chicas lindas" y "En familia".

El relato "La muerta en su cama" es una reescritura de "La chica muerta", que formó parte de *Una chica de provincia*.

"El desapego es nuestra manera de querernos" —de "En familia"— fue publicado por primera vez en la revista *Casa*, de Casa de las Américas, Cuba, 2006.

Intemec fue publicado anteriormente por la editorial electrónica Los Proyectos, en 2012.

"La mujer del capataz" formó parte de la antología *Una terraza propia. Nuevas narradoras argentinas*, Editorial Norma, 2006.

"El incendio" formó parte de la antología chilena *La última gauchada. Narrativa argentina contemporánea*, editorial Aquilina, 2014. El nombre de uno de los protagonistas fue modificado en la presente edición.

"Alguien llama desde alguna parte" fue publicado anteriormente bajo el título "El llamado", por la revista electrónica *Cuatrocuentos*, en 2011. Y traducido para la antología alemana *Die Nacht des Kometen*, Edition 8, 2010.

"La camaradería del deporte" formó parte de la antología *De puntín. Los mejores narradores de la nueva generación escriben sobre fútbol*, Editorial Mondadori, 2008.

"Un verano" fue publicado en la revista *Acción*, en julio de 2012; y en el Suplemento Verano del diario *Página 12*, en enero de 2015.

"El regalo" formó parte de la antología *Timbre 2*, Editorial Pulpa, 2010.

"El dolor fantasma" fue publicado bajo el título "El reflejo", en la revista *La mujer de mi vida*, octubre de 2013.

"Off side" formó parte de la antología *Las dueñas de la pelota*, Editorial El Ateneo, 2014.

"Los conductores, las máquinas, el camino" formó parte de la antología *Verso y reverso*, Editorial No Hay Vergüenza, 2010.

NIÑOS

Para Andrés, por la infancia y los veranos.
Para Valentín que nos cuida desde el Cielo
y para Alexia que nos cuida en la Tierra.
Para Santino y Fermín, los niños ahora.

1

Niño Valor nació diez días después que yo, en el mismo hospital. Lo nombraron como me hubiesen nombrado de haber sido varón. Lo vistieron con la ropa celeste que mi madre había tejido para mí.

Su madre y la mía son hermanas.

Para jugar, nos vestían igual y les decían a los desconocidos que éramos gemelos. Para seguir jugando, nos cambiaban la ropa y les decían a los conocidos que él era yo y que yo era él.

2

La cabeza flotaba en la espuma de tules. Parecida a la de un santo. Y según como se la mirase, parecida a la de una novia envuelta en su velo.

Los ojos dormidos, la boca floja sin dientes ni palabra, las mejillas hundidas con la piel pegada a los carrillos.

Se veía tan independiente, perfectamente recortada, que por un momento pensé que estaba separada del cuerpo.

Para poder mirarlo de cerca, Niño Valor y yo nos pusimos en puntas de pie y nos agarramos del borde del féretro con sumo cuidado, temerosos de que el menor movimiento fuese a derramar la muerte y nos salpicase los zapatos nuevos, los zoquetes blancos, las ropas de cumpleaños.

Nunca habíamos visto un muerto de verdad.

Temprano habían despejado el comedor de la hermosa casa de José Bertoni, lavado el piso, arrumbado todos los muebles en el dormitorio y quitado los cuadros de las paredes para que las mujeres de las estampas dudosamente orientales no alterasen la sobriedad de la sala. Sólo quedaron en dos hileras de tres, las seis sillas del juego de fórmica.

Era verano.

La manzana quedó sin flores. Las vecinas caían abrazadas a los ramos. Rosas, hortensias, malvones. Cubiertos los escotes con la mantilla azul de las glicinas. Oculto el pellejo de los cogotes tras las varitas de retama florecida. Sucias las faldas de hojas y espinas y cabos y pétalos sueltos; el olor de los sobacos mezclado al de las flores y el incienso. Nada excitaba tanto su generosidad de jardineras como un velorio en ciernes.

Enmudecieron todas las radios y televisores de la cuadra, el afilador de cuchillos dejó de soplar su silbato. El runrún de las avemarías salía por las puertas y las ventanas abiertas ganando la calle como una manga de langostas. Hasta los perros fueron mandados a cucha y obligados a callar. Sólo los gorriones siguieron con sus cosas, chillando, apareándose en los cables de la luz y revolcándose en la tierra suelta de la calle.

Se estaba velando a un hombre en lo de José Bertoni y todos estábamos de duelo.

De cuando en cuando la Cristina, hija del difunto y novia jovencísima de José Bertoni, se arrastraba hasta el cajón, apenas sostenida por sus fuerzas, y derramaba la catarata negra de su pelo sobre el sudario blanco de su padre. Presurosas acudían las vecinas a sacarla, tironeándola de los hombros, de los brazos, y casi en vilo la llevaban a su silla y le daban cucharitas de agua con azúcar para devolverle el alma al cuerpo.

Estaba preciosa la Cristina con el vestido negro que le prestó mi madre y que le quedaba chico. Los pechos grandes a punto de caerse del escote. Era una doliente hermosa y patética: desarreglada la oscura cabellera, las ojeras pronunciadas, brillantes las pupilas arrasadas por el llanto.

Una tensión erótica atravesaba el aire como ocurre siempre en la desgracia. Las tetas caídas y estriadas de las vecinas, de golpe, parecían llenar los corpiños. Se endurecían los traseros como botones de rosa. Goteaban mieles de camatí los muslos.

Mientras, los niños arrastraban su aburrimiento acaracolado en el patio. De punta en blanco, bien peinados, las panzas hinchadas del jugo aguachento convidado en vasitos de papel. En vez de andar sueltos, pescando arañas en el campo, robando frutas de las quintas, tirándoles piedras a los camiones que pasaban por la ruta, o con las patas hundidas en el barro chirle de la laguna, haciendo lo que hacían siempre, que para eso eran niños, los habían traído de prepo y a los empujones a velar un muerto. Y no los dejaban acercar al cajón por miedo a que se impresionaran.

Niño Valor y yo los mirábamos de lejos, ignorando sus señas, sus intenciones de acercamiento y, para darnos importancia, de tanto en tanto nos encerrábamos en el dormitorio de donde salíamos al rato, acalorados y circunspectos.

Al atardecer, excepto dos o tres que se quedaron para que el tránsito de rezos no se cortara, las vecinas se fueron a descansar las piernas. Después de estar todo el día paradas, las pantorrillas parecían bolsas donde se revolvían los gusanos azules de las várices.

Y llegaron los hombres, recién vueltos del trabajo, bañados, olientes a pino colbert y vermouth.

José Bertoni, que no bebía nunca, mandó traer del almacén unas botellas de ginebra y otras de licor dulce para cuando volviesen las mujeres.

Los hombres no eran de quedarse mucho junto al cuerpo. Se acercaban cada tanto y le echaban un vistazo como quien observa la carne asándose lentamente sobre la parrilla, un domingo, calculando cuánto falta para que esté lista y enseguida volvían a reunirse con los otros en el patio, a conversar de sus cosas, tomarse otra copita y contar alguna anécdota del muerto.

La tardecita se iba haciendo noche clara, estrellada, con olor a pasto, a tierra mojada, recién regada por el camión municipal. Los murciélagos salían de sus dormideros y pasaban en vuelo rasante sobre las cabezas inclinadas.

Al fin y al cabo la muerte era esto. Debajo de los párpados entornados, los ojos del Viejo debían parecer de escarcha, esmerilados igual que los del Pepino, la Chiche, Colita, Negro, Pajarito, Calabaza, Mancha, el Gringuito, Paco, Michina, Simón y Simona, Buche; igual que las gallinas coloradas a las que la Abuela les torcía el pescuezo en el aire y que los pescados que el Sergio sacaba del arroyo y después venían a mirarnos desde lo profundo de la noche; igual que los cuises arrollados por los autos en el camino a Mayo, los pájaros que Niño Valor volteaba con su gomera, el conejo de mi hermano que se escapó de la jaula y quedó congelado una noche de invierno. La muerte era esto.

Los velorios fatigan más que los cumpleaños. A la medianoche, Niño Valor y yo no podíamos tenernos en pie. Andábamos como sonámbulos agarrándonos de las faldas de las vecinas para no caernos y si teníamos la suerte de encontrar una silla vacía el cuerpo se nos resbalaba del asiento. Parecíamos ojeados: nos pesaba la cabeza doblada sobre el pecho como una flor con el tallo roto. Nos picaban los ojos. Teníamos hambre y sueño. En algún momento caímos redondos.

Me recordé a la madrugada. Las primeras luces del día entraban por la ventana abierta del dormitorio de José Bertoni. Un viento muy suave movía las cortinas finitas, estampadas. Al lado mío, Niño Valor dormía con las ropas puestas. Nos vi en el espejo grande del ropero: en la cama doble parecíamos un matrimonio de enanos.

Y la muerte era esto.

Seguramente el Viejo no había conocido un lecho tan pulcro, a estrenar, como el féretro de pino donde echaron sus huesos esa madrugada después de una breve estancia en la morgue del hospital.

(Don Barbisán, el carpintero, había trabajado la noche entera en él, había cortado, lijado y clavado las maderas y, por último, le había dado una manito de barniz, una delgada para que secase más rápido.)

Seguramente tampoco había tenido sábanas tan blancas como la mortaja que se ajustaba a sus carnes flacas, consumidas, de anciano, de quien come salteado. Ni tanta gente a la vuelta, como festejándolo, ni en el día de su casamiento pues no se había casado nunca.

Él y la Liona —su feroz mujer, que hacía años lo había dejado, madre de la Cristina y del Sergio y de varios otros hijos que andaban desparramados por ahí, casi todos en Buenos Aires— se habían arrimado el uno al otro, la urgencia del amor que se tendrían entonces no podía esperar y tampoco podía esperar el mayor que le engrosaba la cintura a la madre.

Esto era la muerte y no cambiaba nada. Al Pepino, el perro de Niño Valor muerto a principios del verano, lo habíamos llorado una semana entera: él, yo y mi hermano, aunque mi hermano lo lloró poco y nada porque tenía su propio perro y estaba vivo y se llamaba Negro. El Negro también venía a ser mi perro, pero más mía había sido la Chiche, su madre, muerta hacía tiempo, mucho tiempo pero no tanto como para que no me acordase de ella y ya no supiese si lo lloraba tanto al Pepino o un poco al Pepino y otro poco de nuevo a la Chiche.

La muerte de un hombre parecía no cambiar nada; sin embargo, la muerte de un perro lo cambiaba todo.

La muerte de un hombre parecía no cambiar nada para el resto de los hombres y mujeres y niños, pero lo cambiaba todo para su perro si ese hombre tenía un perro como el Viejo lo tenía al Negrito. ¿Qué iba a pasar con él ahora que se había quedado sin dueño?

El entierro fue a las once de la mañana.

Los más grandes: el Sergio, mi hermano, el Gustavo, los hermanos del Dardo, fueron en bicicleta hasta el cementerio. A nosotros no nos dejaron por mi culpa: todavía andaba con rueditas y el camino era empedrado. Niño Valor se enojó mucho conmigo, pero después se dio cuenta de que íbamos más cómodos en el camión de José Bertoni, sobre todo él que iba al lado de la ventanilla abierta y además puso el ventilador chiquito para que le diese directamente en la cara. A mí me tocó ir entre mi madre y mi tía, con una nalga en cada pierna.

Las vecinas se acomodaron como pudieron en los pocos autos del cortejo y muchas quedaron de a pie y llegaron cuando todo había terminado. Fue injusto para ellas que tanta voluntad le habían puesto, pero el cura Ruyé no quiso esperarlas. Dijo que hacía demasiado calor y que íbamos a terminar todos asoleados y que dios no quería eso, aunque la verdad era que lo fastidiaban los entierros de los pobres. Había ido de mala gana a darle la extremaunción al hospital. Nosotros estábamos ahí cuando llegó. Apenas lo vieron entrar, negro como un pájaro o una sombra, los enfermos de la sala común se cubrieron con las sábanas hasta la cabeza: vistos así parecía que el único vivo era el Viejo, que ya estaba casi muerto.

Aquel había sido un verano sin lluvia y las paladas de tierra cayeron sobre el ataúd como si lo estuviesen apedreando.

Hacia la tarde todo empezó a ser como era antes. Algunas vecinas, de puro espamentosas, siguieron con sus ropas de luto: una exageración en un día tan caluroso.

Al día siguiente empezarían a regar y a abonar desesperadamente sus plantas para que volvieran a dar flores; en secreto iban a arrepentirse de no haber dejado aunque más no fuera los pimpollos.

Mi madre y la madre de Niño Valor ordenaron otra vez el comedor de José Bertoni, los muebles y los cuadros volvieron a su sitio; lavaron los vasitos descartables y los guardaron para usarlos en el próximo cumpleaños (el mío, en abril); también guardaron los troncos de las velas porque los apagones eran frecuentes en el verano.

Otra vez con nuestras ropas de entrecasa, después de haber tomado la leche y visto los dibujitos en la tele, salimos con Niño Valor a dar vueltas en bici. Cuando pasamos frente al rancho del Viejo lo vimos al Negrito esperándolo debajo de la enramada del patio. Niño Valor lo llamó con un chiflido y se lo llevamos a José Bertoni, que hasta entonces nunca había tenido un perro.

3

Vivíamos en las afueras del pueblo. Después de que el Abuelo Antonio dejó de trabajar en la estancia de Castro, compró el sitio. Entonces todavía era campo y no existía la ruta que atraviesa el pueblo y que pasa justo a media cuadra. Entonces mi madre y la de Niño Valor y mis otros tíos eran niños. Los restos del viejo cementerio estaban a unos doscientos metros de la casa. Seguían en pie los antiguos cipreses.

Más tarde José Bertoni compró un poco más allá y construyó su hermosa casa y tiempo más tarde levantó en los fondos de la Abuela la casita de Manuela, la madre de ambos. Aunque era camionero y antes había sido peón de estancia, a José Bertoni le gustaba hacer casas.

Y cuando mi madre se casó con mi padre también compró un terreno cerca, pero más para el lado del Centro.

Niño Valor y su madre vivían con la Abuela, mi tío Luisito y el Sergio —que tenía unos pocos años más que mi hermano y era el entenado de la Abuela. El Abuelo Antonio murió cuando con Niño Valor recién empezábamos a caminar y no nos acordábamos de él: por más que mirábamos la foto pintada donde estaban él y la Abuela el día de su casamiento civil —él con el bigote finito, casi una pestaña sobre el labio superior; y ella con unas perlas blancas que el fotógrafo había pintado alrededor de su cuello— no conseguíamos recordarlo.

Como mi madre trabajaba fuera, yo me pasaba todo el día en lo de Niño Valor, éramos carne y uña, aunque de tanto estar juntos a veces nos fastidiábamos el uno del otro y nos íbamos a las manos y terminaba cada uno por su lado con un ojo en compota y marcas de dientes en los brazos. Cuando nos peleábamos, la Abuela me mandaba a mi casa y no me recibía de nuevo por varios días. Mientras duraba el castigo, daba vueltas todo el tiempo sin saber qué hacer, aburriéndome de todo y no encontrando consuelo. Mi hermano tenía sus amigos y sus asuntos: yo era demasiado chica para andar con él. Mi hermana era un bebé apenas más grande que mi muñeco Sebastián y casi siempre estaba durmiendo: era demasiado chica para andar conmigo. Niño Valor era el único amigo que tenía en el mundo. Por eso siempre que podía evitaba pelear con él; pero a veces no podía, a veces Niño Valor no me dejaba otro remedio.

En esos días en que la Abuela me desterraba de su casa me refugiaba en la de Manuela, que quedaba cruzando el huerto. Desde allí podía verlo a Niño Valor que me ignoraba o me hacía burla, según el traje con que anduviese ese día, y que si también estaba aburrido venía a hacer las paces.

Manuela tenía ochenta años y vivía sola. Aunque era muy vieja, su memoria se había vuelto muy corta y cada vez que la visitábamos nos preguntaba quiénes éramos, cómo nos llamábamos, quiénes eran nuestros padres y por qué estábamos en su casa. Respondíamos una por una sus preguntas, pero al cabo de un rato se le olvidaba y había que contestar todo otra vez.

La casa que José Bertoni había levantado para ella era pequeña y siempre estaba limpia y ordenada: una habitación muy grande y un corredor cerrado adonde se sentaba a tejer todas las tardes, con una pared hecha completamente de botellas vacías de ginebra Llave. Cuando el sol daba en los vidrios, todo se teñía de verde, como inundado de kriptonita, y todos parecíamos el Increíble Hulk, aunque menos increíbles, más parecidos a David Banner que al monstruo iracundo que vivía adentro suyo. (¿De dónde sacaba ropa nueva el doctor Banner cuando salía de su metamorfosis? No podía guardar tantas mudas en ese bolsito menudo con el que viajaba.)

A Manuela le gustaba estar con nosotros y a nosotros estar con ella, aunque a veces Niño Valor la hacía llorar. Tenía dos tesoros: un frasco grande lleno de botones y un costurero de mimbre repleto de hojas de eucalipto. Para ella los botones eran botones, como para todo el mundo, pero las hojas del árbol que crecía en el patio de su casa eran billetes. Por más que se supiese inmensamente rica con su gran árbol de dinero, Manuela, que siempre había sido muy pobre, era muy celosa de su fortuna: contaba las hojas que guardaba en el costurero, las alisaba, las ordenaba una arriba de la otra, hacía fajitos que ataba con hilo de coser, las olía. Si sorprendía a alguien, un familiar o un vecino, llevándose un puñado de hojas para hacerse inhalaciones, lo sacaba carpiendo, llamándolo ladrón y pidiéndole a la Virgen los peores castigos para el pobre infeliz. Si la Virgen la hubiese escuchado, Niño Valor se habría muerto antes de su quinto cumpleaños porque casi nada lo divertía tanto como arrebatarle un atadito y salir corriendo. Ladrón, gitano, piel de Judas, balbuceaba Manuela y la furia le brotaba en lágrimas largas y delgadas como un hilito de agua manando de una canilla rota.

Me gustaba besarla. Tenía olor a talco y a jabón en pan. Mi nariz se hundía en los pliegues de su cuello como en una almohada de plumas. Manuela tenía la piel finita y transparente; el cabello lila y abundante. Los sábados, la Abuela le lavaba el pelo con agua de lluvia y después la sentaba al sol para secarlo. Una vez al mes le recortaba las puntas con la tijerita de peluquero que el Abuelo Antonio usaba para emparejarse el bigote. Yo ponía las dos manos para recoger los mechones e iba haciendo un montoncito sobre la mesa. Cuando la Abuela terminaba, tirábamos el pelo al fuego: si se lo deja por ahí, los pájaros se lo llevan para hacer sus nidos y después a una le duele la cabeza.

Ahora la Abuela tiene la edad de Manuela; mi madre, la edad de la Abuela; yo, la edad de mi madre. Algún día voy a tener todas las edades juntas.

4

José Bertoni se encariñó con el Negrito. Sobre todo cuando, poco después, la Cristina lo dejó para irse a probar suerte a Buenos Aires. En el fondo, él no lamentaba tanto la partida de la mujer, pero echaba de menos al pequeño hijo de ella. Aun cuando hacía años que la Cristina se había marchado, él seguía hablando del chico. En cambio nosotros nos pusimos contentos: ahora el corazón de José Bertoni, que nunca había tenido mucho espacio —su corazón era pequeño y duro como una piedra— volvía a ser sólo nuestro, Niño Valor y yo éramos lo suficientemente chicos como para caber en él cómodamente.

Los domingos calurosos nos llevaba a bañarnos al arroyo Mármol. Nunca iba nadie ahí: la gente prefería el río, la playa concurrida donde florecían las sombrillas a rayas, las lonetas de colores chillones, los quiosquitos de madera y techo de paja que vendían agua caliente para el mate, refrescos y helados de palito.

En el Mármol, en cambio, no había nada de nada. El arroyo corría limpio, con aguas transparentes y fondo de arena blanda. El terreno escarpado de las orillas estaba cubierto de pasto verde y, al atardecer, bajaban a bañarse los caballos de Sosa, un hombre que vivía cerca de allí. A veces también venía Sosa a conversar con José Bertoni, pues eran conocidos de las épocas en que los dos eran peones de campo. Mientras ellos charlaban o tomaban mate en silencio a la sombra de los árboles, nosotros pescábamos mojarritas con el mediomundo. A la caída del sol, José Bertoni hacía fuego y ponía a calentar aceite en una olla negra de tres patas. Cuando hervía, iba agarrando de a una las mojarras, les apretaba la panza para que salieran las tripas y las echaba adentro de la olla. El agua nos abría el apetito. Los cuerpitos dorados y crujientes se nos deshacían en la boca.

Alguna vez también nos llevaba a lo de Lolo, su hermano y hermano de la Abuela y tío nuestro.

Lolo trabajaba en una ladrillería y vivía ahí mismo, solo, con una decena de perros atigrados. Aunque era en el campo, tenía algo de desierto. Salíamos a la mañana temprano en el camión de José Bertoni y andábamos dos horas largas por caminos de tierra: las nubes de polvo, blancas, espesas, no nos dejaban ver casi nada del paisaje.

Cuando nos íbamos acercando a los dominios de Lolo, veíamos el cielo iluminado por las lenguas de fuego de los hornos encendidos. Las llamas de las piras altísimas que él solo había armado a la madrugada se movían hacia un lado y hacia otro según les daba el viento. Cerca, apoyado en una vara larga que usaba para acomodar los leños encendidos, Lolo, sudado, vestido apenas con una especie de chiripá, permanecía inmóvil, en ese estado como hipnótico que provoca el fuego y del que recién salía cuando frenaba el camión y sus perros se lanzaban sobre el vehículo, ladrando y gruñendo, tal vez creyendo que esa bestia mecánica, desconocida, venía a atacar a su dueño. Lolo usaba la misma vara larga para espantarlos.

Aunque él y José Bertoni no se llevaban demasiado bien —tenían vidas muy distintas, formas diferentes de ver el mundo—, lo alegraban nuestras visitas; le gustaban los animales y los niños y siempre nos trataba muy bien.

Pasábamos todo el día con él.

Los dos hombres no hablaban mucho entre sí. En definitiva no tenían mucho en común: la misma sangre de los Bertoni mezclada con la de Mino Gómez, aquel tío bandolero, ladrón de poca monta, asesinado en Paysandú por un lío de polleras; un pasado cada vez más lejano donde ellos dos habían sido niños iguales a nosotros, pero menos afortunados, repartiéndose entre los juegos y los trabajos duros del campo, heredando uno las ropas que dejaba el otro, apañándose en las travesuras, recibiendo los chirlos que una Manuela joven, de pulso firme, repartía equitativamente entre su prole numerosa cuando hacía falta; un presente incierto que los ponía frente a frente dos o tres veces por año.

El horno de ladrillos parecía pertenecer a otro tiempo y otro espacio. Las hileras de ladrillos aún sin cocer parecían tumbas en miniatura, sin nombre y sin cruz. Los que ya estaban listos, en cambio, se ordenaban formando pilas de más de un metro de altura y recordaban vagamente a los templos mayas. Como si en el interior de estos descansara el corazón de los dioses y en el de aquellos, simplemente el de los hombres; y Lolo, plantado sobre la faz de la tierra, amasaba, moldeaba y cocinaba unos y otros.

(Lolo fabricaba buenos ladrillos; José Bertoni construía buenas casas.)

Cuando nos íbamos, Lolo volvía tranquilamente a su trabajo. Con las cabezas afuera de la ventanilla, lo veíamos empequeñecerse a medida que avanzábamos hasta que dejaba de ser un hombre para ser un punto quieto contra el cielo incendiado.

5

A la hora de la siesta, nos escabullíamos fuera de la cama y nos trepábamos a la higuera. Acostados en las ramas más gruesas mirábamos las hojas, casi blancas del revés; los higos maduros bamboleándose como jóvenes escrotos sobre nuestras cabezas, chorreando almíbar por los reventones de su finísima piel morada; el vuelo incesante de las avispas negras y las moscas azules girando a su alrededor.

El sol, que se colaba entre las hojas, nos dibujaba manchas de luz en la cara y los brazos y las piernas. Parecíamos cachorros de algún extraño animal dorado cruzado con hombre en una cópula mágica.

A veces nos dormíamos.

Desde la umbría profundidad de la copa nos cuidaban las arañas con sus cuatro pares de ojos bien abiertos.

A veces permanecíamos despiertos.

El silencio espeso de la hora tenía algo aterrador. No sólo la noche estaba llena de criaturas temibles; también existían los monstruos vespertinos. La solapa, los sátiros, los duendes vagaban bajo la luz del sol, sedientos, alentados de maldad, a la caza de niños desobedientes. Niño Valor y yo lo sabíamos. Pero era tan lindo estar fuera de la cama, de las sábanas pegajosas, del cuarto oscurecido, abanicados por las hojas de la higuera y las alas de las moscas como los pájaros, como los monos.

Para espantar el miedo hablábamos del padre de Niño Valor que estaba muerto o, por lo menos, eso decían y preferíamos pensar que era cierto. De haber estado vivo, estaría con Niño Valor y su madre, como todos los padres vivos de los chicos que conocíamos. Como el mío.

Desde el Cielo, su padre nos cuidaba; vigilaba los alrededores de la higuera para que nada ni nadie pudiese tocarnos. Su padre era un ángel con alas grandísimas que le permitían ir de un lado a otro cuando le daba la gana o quedarse suspendido en el aire con tan sólo desplegarlas. Cuando Niño Valor fuera grande sería igual a su padre, pero sin las alas porque las alas, en el mundo de los vivos, son un estorbo.

Recreábamos para él muertes gloriosas. Era bombero y moría abrasado por las llamas, luego de salvar a un niño y volver a meterse en el fuego para buscar a la mascota. Era fumigador y su avioneta estallaba sobre un campo de lino por una falla mecánica. Construía un puente entre una ciudad y otra sobre un río negro y ancho y caía al agua y aunque era un excelente nadador los camalotes del fondo le atrapaban las piernas y no podía salir a flote. Cada vez una muerte trágica porque qué tragedia más grande hay para un niño que no saber quién es su padre.

Por más que quisiera al mío, a veces envidiaba a Niño Valor por tener un padre alado, por tener un padre que había sido un hombre heroico y ahora era un hermoso ángel.

En cambio, el mío era un padre pedestre. Había sido obrero en Intemec, pero nunca había tendido un puente, sólo cables de luz entre un poste y otro. Había sido el crack del club San Jorge, pero cuando era el novio de mi madre y yo todavía no había nacido. Se transportaba en bicicleta porque no tenía plumas en los brazos. Trabajaba en Obras Sanitarias desde que el Carlos Carruega había ganado el gordo de Navidad y dejado el puesto, y lo más cerca del cielo que podía llevarme era sobre sus hombros. Poca cosa para competir con Niño Valor y su angélico padre.

6

Entrado enero, el calor no aflojaba ni de noche. Entonces todo el mundo dormía con las puertas y las ventanas abiertas de par en par y algunos hasta sacaban las camas al patio.

No les temíamos a los ladrones. Los ladrones de mi infancia eran sombras inofensivas descolgándose en la noche, ágiles y silenciosas. Era poco lo que robaban: ropa de los tendederos, alguna garrafa medio vacía, una cubierta de bicicleta, una gallina. Parecía que eran ladrones solamente por el gusto de andar en las tinieblas, rondando los fondos de las casas mientras todos dormían y dándoles trabajo a los perros que garroneaban un rato el aire y volvían a echarse sin saber nunca si había pasado un ladrón o un fantasma.

Había un solo ladrón de verdad: el Cachito García, novio de la hija mayor de Doña Bonot, una vecina nuestra. Pero tampoco era realmente malo, aunque una vez roció la casa de su novia con querosén porque ella lo había dejado por otro y amenazó con prenderle fuego. Ella accedió a volver con él y todo quedó en un arrebato de amante desesperado. Después de todo, el Cachito García pasaba gran parte del año en la cárcel y ella podía tener otros novios durante su ausencia. Él era comprensivo y no se oponía a eso: lo único que quería era un poco de fidelidad mientras andaba suelto.

Sin embargo, una madrugada de esas en que el calor no da tregua ocurrió un suceso extraño. La única que vio y oyó todo fue la Liona.

Muerto el Viejo, la Liona se mudó al barrio para descontento de las vecinas que enseguida armaron una reunión.

"Que esto no puede ser, que esta mujer se venga a vivir acá, qué desfachatada, a este barrio, que usted vio, que todos somos confiados y buena gente, y por si fuera poco al rancho del finado, dios me lo tenga en la gloria, con todo lo que lo hizo sufrir en vida al pobrecito, que tenga el tupé de aparecerse ahora, que vea usted que vea que no puede ser este atropello, hay que ponerle un parate a esta doña Liona, quequequé, quequequé, vea usted, vea, empina el codo y hace cualquier locura, que esto no puede ser, por dios, dios nos libre y nos guarde, que a esta señora doña Liona le gusta es amiga del escándalo, el espamento, el puterío que le dicen y perdóneme la guarangada, y fíjese que todavía no se mudó y ya estamos hablando con una boca que más parece excusado, peor, fíjese, que esa gente de El Tiro, que son gente bien fulera y así y todo, fíjese cómo será ella que dicen que dicen que la corrieron de allá y se nos viene para acá, que hay que hacer algo, que no nos podemos quedar de brazos cruzados, que qué mal ejemplo para nuestros hijos, que no la queremos por acá a la descangayada esa, que esto no puede ser, que esto no puede ser, que esto no puede ser."

Las vecinas hablaban todas a un tiempo, tapándose unas a otras y agitando los brazos como gallinas. Todo en vano porque no pudieron evitar que la Liona tomara posesión del rancho. Después de todo les pertenecía a sus hijos y tenía derecho a vivir allí.

Dijo la Liona que se había levantado en la noche a tomar un vasito de agua (aunque con la fama que tenía todos coincidieron en que el vaso debía ser de vino) y que por la ventana vio un auto raro estacionado en la cuneta del baldío enfrente de su casa, en marcha y con las luces prendidas. Entonces se asomó al patio para ver mejor. Pensando que podía ser una parejita, tenía la intención de echarlos porque lo único que faltaba es que agarraran el campito de Villa Cariño. Ya estaba por salir a la vereda cuando dos hombres, también muy raros, bajaron del vehículo y abrieron el baúl. Ahí vio que entre los dos sacaban un bulto. El corazón se le había venido a la boca y no pudo reprimir un alarido de espanto. Alertados por sus gritos, los tipos dejaron el bulto, se subieron al auto y arrancaron a toda velocidad agarrando el camino que va para Villaguay.

Dijo que se quedó tan impresionada que tuvo que tomarse una copita de ginebra para que el alma le volviese al cuerpo. No se animaba a ir a ver qué era lo que habían tirado. No sabía qué hacer. ¿Y si los hombres volvían a buscarla? Finalmente juntó coraje y se fue a avisar a la policía. Dio toda una vuelta porque no quería pasar ni cerca de la cuneta.

En la comisaría, le costó convencerlos a Cabrera y al otro que estaba de guardia de que decía la verdad.

¿No habrás estado chupando vos?, contó de lo más ofendida que le habían dicho. ¿No lo habrás soñado? ¿No serán imaginaciones tuyas?

La Liona estuvo a punto de perder la paciencia. Y si no hubiese estado tan asustada ahí mismo los habría puesto en su lugar, dijo y nadie lo puso en duda.

A la final, una va a hacer una denuncia y falta poco para que la metan presa, dijo.

En este punto y pese a la antipatía que despertaba, todos estuvieron de acuerdo: Cabrera y el resto de los policías eran unos buenos para nada, una manga de inútiles.

A la final, contó, vinimos en el patrullero. Yo me senté adelante: no sea que algún lengua de trapo de esos que abundan, me viese y saliese a decir por ahí que me estaba llevando la policía.

Cuando llegaron al lugar, tuvieron que darle la razón. Entre los yuyos de la cuneta seca encontraron un baúl de poco más de un metro de largo y bastante profundo; estaba vacío.

La hipótesis de la Liona era que seguro pensaban poner un cadáver adentro, pero ella les había aguado la fiesta. Y por el tamaño del baúl o era el cuerpo de un angelito o el de un cristiano adulto descuartizado para que entrase en tan poco espacio.

¿Quiénes eran aquellos hombres? ¿Cuáles eran sus planes? ¿De dónde venían?

Ahora, y por su culpa, nunca lo sabríamos.

La policía se llevó el baúl y lo retuvo un tiempo en la comisaría. Lo dejaron en la entrada y todo el que pasaba por allí iba y le echaba un vistazo.

Era un baúl común y corriente, de madera, con el interior forrado en papel oscuro. Como nadie lo reclamó ni se supo nada más de aquel suceso, se lo regalaron a la Liona. De vez en cuando lo sacaba afuera del rancho y nunca faltaba uno que se acercaba y le pedía que le contara otra vez la historia del baúl.

A Niño Valor y a mí nos la contó muchísimas veces.

Nadie me saca de la cabeza que ahí pensaban meter un chico muerto, decía con el cigarrillo en la boca: algún pobrecito que habrán matado para robarle los órganos; esas cosas pasan. Hay que tener cuidado. Ustedes que son chicos tienen que andar con cuidado. Si yo fuese chica andaría con muuuuucho cuidado.

7

La noche que mi padre trajo un hombre negro a casa, mi madre se enojó muchísimo. No porque fuese negro, sino porque los dos tenían unas copas encima. Cuando mi padre se entretenía más de la cuenta en el bar, siempre volvía con un invitado, como si fuese un chico escudándose detrás de un compañero de travesuras.

Me fascinó ese hombre: nunca había visto a una persona completamente negra. Daban ganas de tocarlo para ver cómo se sentía bajo la yema de los dedos. Se me ocurrió que debía ser resbaloso como si estuviese recubierto de neopreno.

Hablaba de una manera extraña. Mi padre nos explicó que venía de Brasil igual que Pelé. El hombre rio: tenía los dientes muy blancos y la lengua rosada.

Mi madre tuvo que agregar una taza más de arroz al guiso que salió horrible, como si su malhumor se hubiese trasladado a la comida. Sin embargo, el negro comió todo lo que le pusieron en el plato y después le pasó un pedazo de pan dejándolo limpísimo.

Era vendedor de cuchillos. Mi padre le compró uno enorme a un precio exorbitante. Al otro día, por no dar el brazo a torcer, diría que se lo había dejado a precio de amigo, que aquel cuchillo valía por lo menos el doble, que el acero de Brasil era el mejor acero del mundo. No sé si algo de esto era verdad, pero lo cierto es que hace más de veinticinco años que este cuchillo se usa en la cocina.

Sólo me faltaba conocer a un chino y a un piel roja. Lo del chino no me quitaba el sueño: con Niño Valor teníamos el proyecto de cavar un pozo para llegar a China y entonces veríamos a muchos chinos, dormiríamos en camas chinas, comeríamos sólo arroz, usaríamos esos sombreritos chinos que parecen platillos y camisas con cuello mao.

En una ocasión habíamos intentado poner en marcha nuestro plan. Pero no tuvimos mejor idea que remover el cantero de rosas chinas de la Abuela. Niño Valor dedujo que si esas rosas se llamaban chinas era porque venían justamente de China y que ese rectángulo de tierra debía ser una puerta de entrada, un acceso directo al país de nuestras fantasías. Claro que la Abuela no pensó lo mismo; ella no entendía nada ni de China ni de túneles secretos ni le importaba otra cosa que la suerte de sus rosas chinas a punto de expirar, marchitándose bajo el sol de la tarde. Ese día recibimos una paliza antológica, nos quedaron las nalgas coloradas y doloridas, los dedos largos y delgadísimos de la Abuela restallaban en nuestras carnes como un látigo de cinco puntas. Yo lloraba como una magdalena; Niño Valor no:

cuando le pegaban apretaba los dientes y no se le caía ni una sola lágrima, así que siempre lo golpeaban el doble que a mí.

Aunque el primer intento no llegó a buen puerto, no íbamos a acobardarnos tan rápidamente. Cavaríamos todos los túneles que hiciesen falta, en otro sitio, lejos del ojo vigilante y la mano larga de la Abuela, llegaríamos a China tarde o temprano. Volveríamos de allí con los brazos cargados de recuerdos para todos, menos para ella, para que aprendiese a ser más generosa: si la Reina Isabel había dispuesto una fortuna para que Cristóbal Colón descubriera América y las damas mendocinas habían donado todas sus joyas para que San Martín cruzara los Andes, ella bien hubiera podido sacrificar su cantero de rosas chinas.

Las probabilidades de conocer a un piel roja eran sensiblemente menores. Aunque con mi padre y sus compañeros de tragos nunca podía saberse.

8

Los viajes al campo, a la casa del Abuelo Jorge, nos llenaban de expectativa. Allí vivían él, Inda —su segunda esposa, la madre de mi padre murió cuando era niño—, mi tío Cacho y mis dos tías.

El colectivo nos dejaba en la ruta, donde nos esperaba a veces Cacho, a veces el Abuelo, para llevarnos en sulky hasta la casa que distaba unas cuantas leguas.

En invierno llegábamos cuando todavía era de noche. El campo resplandecía de escarcha. Mi hermana iba en los brazos de mi madre, mi hermano y yo nos sentábamos entre ella y el tío o el Abuelo, cubiertos por una manta. El caballo y nosotros echábamos humo por la nariz y la boca, el frío nos quemaba las mejillas y el aire, convertido en agujitas de hielo, se nos pegaba a los abrigos, a los gorros y a los guantes de lana.

En verano, recién amanecía. Todo era verde, amarillo y anaranjado. El aire, cargado de olores nuevos, me provocaba un leve mareo.

Algunas veces Niño Valor venía con nosotros. Mis tías lo adoraban. Tenían a mi hermano, que era su sobrino, pero él ya estaba grande y a ellas les gustaban los cachorros. Inda no lo quería ni a él ni a nosotros, como antes no había querido a mi padre.

La casa era precaria: una gran cocina, un gran dormitorio para todos —incluyendo el ejército de perros y gatos— y un corredor.

Excepto el Abuelo, los demás pasaban los días ociosos. Cacho leyendo *Nippur* y *El Tony*, armando cigarrillos, enseñándole a hablar al loro. Mis tías escuchando la radio, espulgando gatos y comentando los sucesos del baile del sábado anterior mientras se preparaban para el del sábado siguiente. Inda no hacía nada de nada: era un poco lenta de la cabeza y todos la apañaban.

Los días transcurrían despacio, apacibles, sin horarios ni obligaciones.

Cerca había dos casas. La del Ledi y la Teya, muy moderna, con cocina a gas y heladera a querosén. La Teya, un poco más joven que Inda, era la confidente de mis tías, la que les había explicado todo acerca del cuerpo femenino y su mecanismo.

Y la casa de Zenón, un hermano de Inda, que tenía varios hijos casados y tres que vivían con él: la Negra y el Tatú, solterones; y la Sonia, una hija que les había nacido ya de grandes, que por entonces tenía veinte años y nunca había menstruado y también iba a quedarse soltera porque decían que no servía. La mujer de Zenón tenía una salud delicada y siempre estaba en cama. Era la Negra la que llevaba adelante la casa.

El Tatú era chúcaro y estaba medio loco. Si venía gente, se escondía en la pieza. Si las visitas llegaban justo cuando estaba trabajando en el campo, vigilaba la casa a prudente distancia y no volvía hasta que los extraños se marchaban. En una época se había enamorado de mi tía la mayor y anduvo acechándola un tiempo largo. Un día la encontró sola en el camino y la arrastró hasta el maizal con la intención de violarla. Pero era tan torpe que no llegó a hacerle nada y a ella también, el pobre Tatú, tuvo que conformarse con mirarla desde lejos.

En el campo no había que dormir la siesta ni hacer nada que no tuviésemos ganas de hacer.

En el invierno nos quedábamos junto a la cocina a leña jugando a las cartas y al dominó.

En el verano íbamos a pescar al arroyo, juntábamos frutas en las taperas vecinas, robábamos choclos, nos bañábamos en la arrocera del Ledi, o nos pasábamos horas enteras en el rincón del patio donde Cacho enterraba huevos de tortuga esperando que nacieran los pichones.

A la noche, mientras tomaba su jarro de vino, el Abuelo nos contaba historias escalofriantes. Pero no era cuestión de contar el cuento y listo. Antes creaba el clima, preparaba a su auditorio para que no quedase la menor duda de que lo que íbamos a escuchar era la más pura verdad.

El cuento del basilisco era uno de los más elaborados. Como quien no quiere la cosa, el Abuelo agarraba la canasta de alambre donde guardaban los huevos. Sacaba uno, lo observaba con mucha atención, lo agitaba cerca de la oreja, hacía un gesto de aprobación y lo dejaba sobre la mesa. Así con los diez, veinte o la cantidad que hubiera hasta llegar al último. A este lo sometía a un examen más exhaustivo. Lo olfateaba, comparaba su peso y su tamaño con cualquiera de los otros, lo miraba de muy cerca y de muy lejos también, se lo pegaba al oído. Nosotros seguíamos con atención cada uno de sus movimientos. Cuando estábamos lo suficientemente concentrados, pegaba un salto y al grito de hijunagranputa, lo tiraba al fuego. Después volvía a sentarse y encendía la pipa.

—Ese huevo tenía un basilisco —decía.

—¿Un basi qué, Abuelo? —saltábamos nosotros, presintiendo que se trataba de algo horroroso.

—Un basilisco: un engendro del diablo. A ese huevo lo debe haber puesto la colorada, que ya está viejita. El basilisco es una mezcla de culebra y gallina y tiene la mirada muy fuerte. Si te mira, te morís. Por eso siempre hay que tener espejos en la casa, entonces es el basilisco el que se mira y se muere con su propio embrujo. Pero a veces no alcanza con los espejos: algunos son muy astutos y andan al tanteo y con los ojos cerrados. Por eso hay que quemar el huevo antes que nazca. Decí que me di cuenta a tiempo, si no esta noche el basilisco salía y nos chupaba la flema mientras dormíamos. Para mañana estábamos todos muertos. O peor todavía, se nos ganaba abajo de la casa y vaya a saber qué pasaba.

Aunque el Abuelo aseguraba haber matado al basilisco, por las dudas, dormíamos con la cabeza debajo de la almohada y los dientes apretados para que el monstruo no pudiese sacarnos el alma por la boca.

Otra de nuestras pesadillas favoritas era la Luz Mala. La puesta en escena de esa historia requería estar al aire libre. Sentados afuera, el Abuelo simulaba disfrutar su pipa perdido en quién sabe qué ensoñaciones. De repente miraba a un lado y a otro.

—¿La vieron? —preguntaba.

—¿Qué cosa, Abuelo? ¿Qué teníamos que ver?

—Nada, nada. Deben ser imaginaciones mías —contestaba lleno de misterio.

Y así varias veces hasta que por fin:

—Ajá. Esta vez la vi clarito. ¿No la vieron? Ahí entre los espinillos. Tomen, rápido, muerdan la vaina —ordenaba pasándonos el estuche de su cuchillo. Aunque el cuero sobado tenía un gusto horrible, nosotros obedecíamos: sabíamos que enseguida, a salvo gracias al conjuro, venía el cuento de la Luz Mala aggiornado con los datos de alguna muerte reciente.

—Por lo débil debió ser el ánima de Doña Raquel, la mujer del judío Kolnik, que falleció la semana pasada. Era tan mezquina que hasta de fantasma echa poca luz por miedo a que se le gaste.

O bien:

—Pasó tan rápido que seguro era el alma en pena del finado Cortés yendo para el boliche de Linares. Ya la vamos a ver pasar dentro de un rato, zigzagueando entre las copas de los árboles, completamente mamada.

Los espantos del Abuelo Jorge, plagados de almas-mula, chicas que se convertían en yeguas blancas, malos hijos que sufrían horrendas metamorfosis, duelos en los cruces de caminos, ajusticiados y muertos en la víspera, nos dejaban al mismo tiempo atemorizados y felices, deseosos de que el desfile de monstruos bucólicos con sus trajes, sus máscaras, sus carruajes, sus danzas macabras no terminara nunca.

9

Nos pasábamos el principio del verano pastoreando las moras a ver si maduraban. Empezábamos a comerlas cuando estaban pintonas y a fines de diciembre ya estábamos hartos. Sin embargo, habíamos esperado tanto que nos sentíamos obligados a seguir comiendo. Pensábamos en los meses interminables con la morera vacía y eso nos animaba.

Para enero invitábamos a todos los vecinos que, quince días después, no querían saber nada. Entonces había que traerlos engañados y para el engaño nadie como Niño Valor.

Si quieren venir a jugar con nosotros, les decía zalamero.

De entrada lo miraban con desconfianza: todos lo conocían muy bien. Pero Niño Valor era como un encantador de serpientes. No sé cómo hacía, pero al cabo de un rato los traía a todos en fila, hipnotizados, abajo de la morera.

Siempre había alguno que se atrevía a protestar.

—Pero vos nos dijiste que era para jugar. Sos un mentiroso.

—Y vamos a jugar. Vamos a jugar ¡a comer moras! El que coma más se lleva un premio. Empezamos a la cuenta de tres: uno, dos, ya.

Resignados o todavía encantados por el ladino, empezaban a devorar los racimos diminutos, hasta que lograban escaparse con las barrigas enfermas, las manos y las bocas manchadas de violeta. Entonces perseguíamos a los fugitivos arrojándoles moras por el lomo.

—Bueno, deben quedar unas doscientas menos —decía Niño Valor con optimismo. Pero ¿qué eran doscientas menos para un árbol que se cargaba una y otra vez?

Por la mañana, barríamos las moras que volteaba el viento durante la noche para dárselas a las gallinas. Mientras pasábamos las escobas de alambre, desde las hojas caían las gatas peludas quemándonos los brazos con sus chispazos verdes.

10

Los niños teníamos un mundo propio, hecho con la materia de las siestas y los juegos, pero también de la resaca melancólica de los cumpleaños, las fiestas familiares, los recreos; el tedio de las visitas forzadas a casas de parientes lejanos; el asco que nos provocaban los besuqueos de mujeres extrañas con olor a cosméticos y a tintura para el cabello; la vergüenza de los atuendos ridículos: los moños en el pelo, las medias con puntillas, los pantaloncitos de pana, los pulóveres hechos con restos de lanas viejas, los parches en las rodillas y en los codos; la resistencia que oponíamos a relacionarnos con otros niños para no darles el gusto a madres, tías o abuelas: entre niños se entienden, decían, los niños con los niños, la mesa de los niños, la vajilla de los niños... como si todos fuésemos iguales por el simple hecho de ser niños.

El mundo de los adultos nos interesaba poco y nada, a lo sumo nos provocaba una cierta curiosidad de entomólogo. Los grandes con sus razones arbitrarias, con sus motivos importantes, sus gestos, sus maneras, sus enojos, sus castigos absurdos, el mucho o poco amor que nos daban según el caso, sus premios y sus penitencias, el derecho que creían tener sobre nosotros. Los queríamos, pero había una suerte de compasión en nuestro afecto.

Desplegábamos nuestro mundo a sus espaldas. Un mundo luminoso donde convivían animales parlantes, criaturas nacidas de cruzas imposibles, insectos grandes como vacas y vacas pequeñas como escarabajos, ropas que a la noche en el tendedero se convertían en fantasmas, árboles que tenían garras en vez de ramas, batallas de flores, germinadores, faroles chinos alimentados de luciérnagas. Cuanto menos supieran ellos de nosotros, mejor.

Lástima que a veces no nos correspondían de igual modo. A veces el mundo de los grandes metía la cola en el nuestro. No queríamos saber nada de eso, sin embargo aquello afloraba por debajo de las puertas cerradas de los dormitorios; las discusiones a media voz, las miserias escupidas en la cara, las traiciones latentes en el silencio de la sobremesa. A veces el mundo de los grandes nos arrancaba del nuestro.

El año en que pasamos a cuarto grado, la madre de Niño Valor se mudó a Buenos Aires y se lo llevó con ella. Los primeros meses sufrí mucho, extrañaba a Niño Valor, no tenía otros amigos, nunca los había necesitado y no sabía cómo conseguirlos.

Lo peor era la escuela sin él. Durante los recreos me escondía en la galería que hacía las veces de museo de ciencias naturales. Allí, entre las vitrinas con pájaros embalsamados, frascos con víboras, arañas e insectos venenosos, cuadros de mariposas, fetos envasados, no tenía que hablar ni jugar con nadie. Fingía un interés desmesurado por aquellas piezas que eran el orgullo del director Krieger; a veces él salía de su oficina y me contaba cosas acerca de los animalitos encerrados en los gabinetes de vidrio.

Recién a mediados de año la Evangelina y yo nos hicimos amigas. Íbamos juntas desde el jardín de infantes. Era una niña insulsa, estudiosa y tan impopular como yo. De la mano de la Evangelina me introduje en la femineidad del mundo, en una femineidad distinta a la de las mujeres de mi casa. En el mundo de Evangelina las mujeres eran sólo madres y esposas; a su mamá, curiosamente, le llevaba todo el día hacer lo que la mía resolvía en la mitad de tiempo.

Si con Niño Valor nuestros juegos nos llevaban a sitios ignotos en busca de tesoros escondidos, ciudades perdidas y animales únicos, con mi nueva amiga íbamos de expedición al almacén y a las tiendas o salíamos en mitad de la noche porque el niño volaba de fiebre o el falso crup ahogaba a la niña. Teníamos maridos imaginarios y correctos que salían de casa hacia el trabajo temprano en la mañana y volvían al atardecer y, durante su ausencia, limpiábamos la casa, cocinábamos dulces, cambiábamos pañales y atendíamos el jardín.

Hasta entonces siempre me había relacionado con varones: Niño Valor, mi hermano, sus amigos. En la mitad de mi infancia aprendí lo pequeño y tedioso que era el universo de las niñas.

La Evangelina y yo andábamos juntas para todos

lados. En el fondo no nos queríamos tanto ni estábamos tan contentas la una con la otra, pero la perspectiva de volver a estar solas nos mantenía unidas.

Bajo su influencia abandoné los libros de Mark Twain, Julio Verne y Emilio Salgari, y, para agradarla, me acomodé a sus gustos literarios: la colección completa de novelas de Louise May Alcott, ese veneno azucarado que enfermó gran parte de mi niñez.

Nunca sería tan buena como las chicas de Alcott; nunca, nunca tendría la entereza para aceptar tanto sufrimiento con tanta alegría. Por más que me esforzara jamás le llegaría a los bajos del vestido a la generosa Jo que vendió su hermoso cabello para comprar las medicinas de su pequeña hermana, la dulce y moribunda Beth que, a pesar de los sacrificios de Jo, iría a reunirse con su padre muerto en la guerra uno de esos crudos inviernos que plagaban las páginas de los libros con sus jardines cubiertos de hielo por donde las muchachas se deslizaban sobre el filo de sus patines en los fugaces momentos de dicha que les permitía la pluma amarga de su autora. El amor que sentía por mi madre, que era enorme, nunca sería tan grande ni tan bueno como el que Jo, Beth, Amy y la otra le prodigaban a la suya, la viuda pobre y sufriente que, pese a todo, siempre tenía fuerzas para tocar una canción al piano y cantar con su coro de niñas para infundirles confianza. Las lecturas de Alcott me dejaban deprimida y descontenta conmigo. Sin embargo, cada vez que la Evangelina sacaba otro librito amarillo de la colección Robin Hood de la biblioteca de su cuarto y lo depositaba en mis manos, no podía rechazarlo.

Nuestra amistad duró varios años. Al tiempo mi tía la mayor se casó con su tío y nos convertimos casi en parientas.

Niño Valor volvió con el verano como lo haría los cuatro veranos siguientes. El último día de escuela, su madre lo subía a un colectivo y me lo devolvía hasta los prolegómenos del otoño.

Apenas llegaba, yo guardaba a mi amiga Evangelina en un placard imaginario como si se tratase de la ropa de abrigo que plegábamos con mi mamá y metíamos en la parte alta del ropero con bolitas de naftalina. Aunque era pequeña, no había sitio para ella en nuestro mundo.

Niño Valor volvía con todo lo lindo del verano: las vacaciones largas, las frutas pintonas, el calor, las lluvias cortas que llenaban las cunetas de renacuajos, la siesta interminable, las noches con olor a espirales encendidos y pantallas de televisores en la vereda; las ropas livianas, los pies descalzos, el cuerpo tostado; Navidad, Reyes, Carnaval.

Nunca hablábamos de lo que hacíamos el resto del año: él en esa gran ciudad adonde tomaba colectivos para ir a la escuela y esperaba la señal del semáforo para cruzar la calle; yo, repartida entre las tareas escolares, el catecismo y la misa de niños, las fiestas de cumpleaños. No nos importaba cómo se las arreglaba el otro para pasar el invierno.

11

Una vuelta mi padre me regaló una carcelaria toda florecida.

Nunca había visto flores más extrañas, como un racimo de pequeños globos amarillos amarrados a un manojo de hojas ásperas. Flores a mitad de camino entre lo animal y lo vegetal. Parecidas a hongos. Y también a esas rarísimas criaturas que habitan el silencio oscuro y profundo de los mares.

¿Hay acaso una sutileza más grande para una niña que un puñado de carcelarias amarillas?

12

La mañana del domingo se alborotó con la noticia. Cerca del amanecer, en las Cuatro Bocas, se mató el Buey Martén a la vuelta de un baile.

Las Bocas del Diablo o El Cruce de la Muerte, como empezábamos a llamarle al lugar, dos por tres se llevaba a alguien.

Todos lo conocíamos al Buey. Vivía cerca de lo de la Abuela. Durante la semana trabajaba en el campo, pero los fines de semana lo veíamos pasar a toda velocidad, montado en su moto, perforando el silencio de la siesta. Parecía un hombre domando un enorme toro azul niquelado que se resistía levantando polvareda y echando bufidos por el caño de escape.

Por dos o tres sábados, el Buey había sido novio de mi tía la mayor. Pero hacía tiempo de eso y casi nadie lo recordaba, excepto Niño Valor y yo que lamentábamos que la cosa hubiese terminado antes de que el Buey nos diera un paseo en su motocicleta. Mi tía la mayor lo había prometido y nunca cumplió. Hasta llegamos a desconfiar del supuesto romance. ¿Qué razones podía tener una mujer para abandonar a un hombre con una moto tan hermosa? Verdaderamente no lo comprendíamos. Aunque Niño Valor concluyó que era el Buey quien la había dejado a ella. Con una moto así, pensaba, para qué iba a querer tener una novia.

Los domingos al mediodía, comíamos en casa de la Abuela. Mi padre nunca venía: era jugador de fútbol en el club San Jorge y ese día eran los partidos.

La noticia del accidente se esparció con rapidez. Cuando llegamos a lo de la Abuela, nadie hablaba de otra cosa. El Sergio había ido en bicicleta hasta las Cuatro Bocas. Dijo que el Buey había barrido el asfalto con los sesos.

Luego del almuerzo vimos pasar un montón de gente para ese lado. Algunos debían ser conocidos del muerto, pero la mayoría eran curiosos. En bicicleta, en auto, caminando con el mate en procesión dicharachera, elucubrando hipótesis, culpando ora al muerto, ora al conductor del camión que se lo llevó por delante; rememorando desgracias parecidas.

A nosotros no nos permitieron ir y le pedimos al Sergio que nos contara una y otra vez todo lo que había visto. Las piedritas de brosa de la banquina manchadas de sangre, los pedacitos de espejos rotos, el detalle de una de las cintitas plásticas que adornaban el manubrio enganchada en una ramita de chirca, la frenada del camión, las marcas de los neumáticos de la moto impresas sobre la ruta.

La Abuela y mi madre fueron al velorio recién a la medianoche. Siempre iban a los velatorios a esas horas: decían que entonces el muerto quedaba solo pues todos se iban a dormir un rato y que era una cosa muy triste, que debía ser muy triste para el finado quedarse solito tan de repente en su primera noche de muerte. Mi mamá aún conserva esa costumbre. Dice que sólo entonces, en la sala casi vacía, uno puede despedirse del muerto con tranquilidad. Cuando se retiran las lloronas exhibicionistas. Cuando se acallan los comentarios impertinentes. Dice que a esa hora el aire se limpia del perfume pasado de las flores y flota el olor de la madera lustrada del féretro, del café recién hecho que preparan los empleados de la funeraria, de la cera de las velas de la capilla ardiente. Es un momento íntimo, dice, donde la muerte se despoja de exageraciones y se torna genuina, natural. Algo que le está pasando a otro, es cierto, pero que tarde o temprano nos va a suceder.

Al Buey lo velaron a cajón cerrado. Aparecieron muchas oportunistas arrogándose el papel de novia viuda. No era para menos: de haber sido lo suficientemente mayor también me hubiese gustado ser la amante del hombre de la moto azul. Pasear con él a bordo de su máquina rapidísima, los cabellos sueltos flotando en el viento, la cara apoyada en su espalda y un ligero vestido de verano levantado por la velocidad, enseñando mis piernas desnudas una tarde de domingo.

13

La sangre salía golpeando el fondo del balde de lata, salpicando con gotas rojas los bordes, borboteando, borobó-borobó, haciendo globitos como hace el agua cuando hay lluvia para rato. Una sangre espesa como barro, suave como terciopelo, como pétalo de margarita. Y el cielo apenas amanecido también rojo, con nubes coaguladas.

Las mujeres todavía estaban en la cama. Los hombres rodeaban al chancho: uno solo había hundido el cuchillo en el cogote, otro le había pasado por los ojos la primera sangre para que no viese, y todos esperaban pacientes que se desangrara mientras tomaban mate y escuchaban el resumen de noticias por la radio. José Bertoni, mi padre, el tío Luisito, el Sergio, los vecinos comedidos siempre dispuestos a echar una manito.

El aire de la mañana recién nacida estaba saturado de olores: los poros abiertos, amarillos de las flores del espinillo; el olor fresco, a pasta de dientes, de la yerbabuena; la amargura de la ruda y la carqueja; las cabezas plateadas de los panaderos flotando al ras del piso como bolitas de espejo o de telarañas según les diese la luz; el peinado serio de los cardos; el perfume narcótico del mburucuyá; las patas peludas de las abejas traficando olores; y el zumbido de las moscas que entre tantos olores habían clasificado el que les resultaba más amable, el olor de la muerte.

Las arvejillas echaban guías verdes alrededor de los tutores, en un abrazo vegetal y opresivo; cerraban sus ojos fucsias las damas de la noche mientras bostezaban su modorra las campanitas mostrando sus profundas gargantas violadas; como quien no quiere la cosa un pensamiento guacho, superviviente del verano pasado, se abría bajo los hediondos junquillos; las calas plantadas cerca de esa canilla que nunca dejaba de gotear ostentaban su único pétalo como el tul de un tocado de bodas, aunque, para su descontento, siempre iban a adornar los floreros de las tumbas; sacudían su cabellera azul y rizada las glicinas; mostraban sus lenguas manchadas, de enfermo, las orquídeas; se daban aires los claveles del aire; asomaba su copete la flor pájaro, torpe y chismosa, entre las delicadas hortensias. Ellas eran flores y no se les importaba nada que al lado estuviese agonizando un animal, son de otro reino y están acostumbradas a la muerte sin alboroto. Son vanidosas a fuerza de estar en los grandes acontecimientos: las declaraciones de los amantes, los pechitos duros de las quinceañeras, los bautismos, los casamientos, el altar de la Virgen, las coronas de los velorios, el monumento de los próceres en el aniversario de su natalicio o de su fallecimiento, los ramitos para la maestra y para las madres en su día, la coronilla de la reina de los estudiantes y de sus princesas, las sábanas castas de las mujeres justo antes de abrirse al macho por primera vez, la mesa de luz de las parturientas y de los moribundos.

Por si fuera poco, las flores en mi pueblo eran las divas de la primavera, tenían el protagónico en el concurso de jardines que organizaba la municipalidad y por el que se desvivían las vecinas. Más valía no morirse en primavera ya que en ese caso el finado se iba abrigado de ikebanas; las flores de papel crepé se desteñían por el sol encima de la tierra recién removida o sobre el friso de cemento de los nichos y había que esperar la lluvia para que, por fin, se desarmaran.

En esa época las vecinas cuidaban más a sus flores que a sus hijos y maridos. Dejaban de cocinar y hacer las camas. Usaban todo su tiempo en inventar fertilizantes infalibles. Ellas, devotas de la Virgen, no dudaban en invocar al demonio para que las ayudase a ganar el premio: una tontera, un trofeo cuyo dorín se desvanecía en el estante del modular de fórmica. En caso de mención, un diploma encuadrado que enseguida se ponía amarillo por el sol.

La sangre salía a chorros como si la mano invisible de un mago invisible fuese sacando pañuelos de seda roja anudados por sus puntas de aquel tajo oscuro, sin fin.

Los alaridos del chancho nos habían sacado de la cama a Niño Valor y a mí. Descalzos y en piyama, agarrados de la mano, vimos cómo lo mataban mientras las espinas del rocío se nos metían en las plantas de los pies.

—No se encariñen con el animal —había dicho la Abuela cuando lo trajo el hombre del campo—: lo compramos para carnearlo y van a llorar cuando se muera.

Como si fuese tan fácil no encariñarse con Peludo, ese hermoso chancho color té que el hombre trajo del campo. Ay, como si se pudiese mirar para otro lado.

Así como la Abuela no entendía de túneles que conectaban su jardín con China, tampoco podía comprender la amistad de dos niños y un chancho. Ella no veía a Peludo. Veía una pila de chuletas rosadas; una hilera de chorizos frescos estacionándose en la penumbra del galpón que se irían cubriendo lentamente, con el paso de los días, de una delgada capa de moho volátil hasta que estuviesen en su punto justo; una pierna de jamón cuya preparación la mantendría ocupada varias semanas hasta poder cortarla en fetas rojas veteadas de blanco; morcillas negras con pasas de uva y cebolla de verdeo que revivirían sobre las brasas junto al asado del domingo; un tarro repleto de chicharrones dorados y otro de grasa blanquísima. No veía a Peludo: veía una cabeza asada —la parte más deliciosa, aconsejaría, son los ojos y los sesos—, veía, degustaba de antemano los genitales asados del chancho, con su sabor y su textura tan particular.

Y no es que la Abuela viese distinto que nosotros

porque ya entonces usaba anteojos, sino porque toda una vida de necesidades y estrecheces la había vuelto una mujer práctica, con los dos pies bien afirmados sobre la tierra.

La Abuela había trabajado desde niña ayudando a sus padres. Crio hermanos más pequeños y de grandes los fue enterrando a casi todos. Tuvo sus hijos y los crio. Ayudó a su marido, lo cuidó mientras estuvo enfermo y también a él tuvo que enterrarlo. Cuidó a su madre anciana hasta que murió. Cuidó a otras ancianas por dinero hasta que murieron y se quedó sin trabajo. Crio a los hijos de sus patrones hasta que crecieron y la olvidaron. Cuando no pudo tener más hijos, lo trajo al Sergio y lo crio y él también creció y se olvidó de ella. Enterró una nieta. Enterró un bisnieto. La Abuela no veía a Peludo, veía a un chancho.

Una fogata ardía cerca del gran árbol. Las llamas habían chamuscado las hojas de una rama baja. Sobre el fuego, en una olla negra de tres patas, hervía el agua. Uno de los vecinos afilaba la hoja de su cuchillo en la piedra esmeril. Nadie hablaba. Peludo había dejado de gritar, el último aliento se le iba encapsulado en las burbujas de sangre. En la radio, las grandes tiendas La Argentina anunciaban una hermosa mañana de sol, un día espléndido y una liquidación de sandalias.

Peludo tenía ojos grandes, oscuros y húmedos. Tal vez se parecían a los ojos de las vacas, pero estos no eran de mirar lejos, de ver pasar trenes y camiones detrás del alambrado; no tenían el brillo melancólico del iris bovino. Estos eran ojos vivaces, de mirar cerquita, de acechar manjar entre la basura.

Cómo eran de lindos los ojos de Peludo: dos gotas espesas de café entre su pelambre color té.

Muerto, dos piedras negras lisas.

Enseguida apareció la Abuela, recién levantada, atándose el delantal a la cintura. Sin detenerse, agarró el mate que le alcanzó el Sergio y se enjuagó la boca con la primera chupada. Después empezó a moler pimienta negra, pelar y cortar ajos, perejil, cebollín, panceta, a batir la sangre. Mientras, los hombres arrojaban agua hirviendo sobre Peludo y le pasaban la cuchara para pelarlo. En poco rato, con las cuchillas afiladísimas, separaron los huesos, la carne, la grasa, el cuero. Y eso fue todo: un montón de partes sobre la mesa, un montón de vísceras, y la cabeza de Peludo con las orejas caídas, los párpados caídos, el hocico seco, la boca entreabierta.

Aunque sabíamos que el alma de Peludo se había ido derechito al Cielo porque había sido un chancho bueno, no podíamos evitar sentirnos tristes de haberlo perdido en este mundo. La víspera de la matanza habíamos hablado con él, le habíamos dicho que no tuviera miedo y le habíamos prometido que allá arriba lo estarían esperando el Abuelo Antonio, Manuela y el padre de Niño Valor, que ellos iban a cuidarlo del mismo modo que cuidaban a todas las mascotas que se nos habían muerto. Y también le aseguramos que el Cielo era un sitio hermoso y que los ángeles no comían carne así que ya no debía preocuparse por nada. No estábamos seguros de que fuese cierto, pero queríamos darle confianza y también darnos confianza para enfrentar la muerte que ya a la noche rondaba el gran árbol.

Epílogo

Tiempo después de la partida de Niño Valor y su madre, la Abuela consiguió un trabajo en Buenos Aires y también se fue.

La casa donde mi madre y mis tíos y nosotros habíamos pasado una parte de la infancia fue vendida. Los nuevos dueños construyeron ahí un tinglado enorme. Antes, destruyeron los canteros de flores de la Abuela, la vieja casa, la higuera. Sólo quedó en pie la casita de Manuela, con su árbol de dinero, y el gran árbol donde mataron a Peludo, pues esa parte no se vendió. (Muchísimos años después, Lolo abandonaría su horno de ladrillos y se mudaría allí.)

Aunque el gran árbol no sobrevivió mucho más: durante una tormenta eléctrica fue fulminado por un rayo quizá enviado por Peludo. Las vecinas dijeron que estuvo ardiendo toda una noche, pero a ellas siempre les gustó exagerar.

El barrio fue cambiando. De pronto la gente empezó a comprar y edificar los baldíos. Se levantaron tres o cuatro casas sobre el antiguo cementerio. José Bertoni, de la noche a la mañana, se vio rodeado de nuevos vecinos, demasiados para su gusto. Nunca más supimos nada de la Cristina y su pequeño hijo; sin poder olvidarla, José Bertoni pagaba muchachas para que viniesen a su casa a acostarse con él. Algunas no tenían muchos años más que yo y venían acompañadas de sus madres. Su casa seguía siendo hermosa con sus naranjos y mandarinos en el patio, con sus jazmines, sus malvones, sus rosas; sin embargo, una tristeza inconmensurable flotaba sobre ella como una nube llena de agua.

La Abuela mandaba cartas desde Buenos Aires y, en el verano, fotos desde Mar del Plata y Punta del Este, adonde la llevaban sus patrones. Estaba contentísima de vivir en la ciudad. Decía que no podía entender cómo no se había ido antes: hablando así parecía una muchacha.

Mi hermano también se fue unos años pupilo a un colegio marista. También escribía cartas y decía que los hermanos del Marcelino Champagnat eran geniales. En mi casa nos quedamos sólo mi hermana y yo, esperando cartas, fotos y visitas y mientras peleando como perro y gato para llenar los vacíos, los inviernos largos.

Cuando nacimos, alguien ató la punta de una cuerda de plata a mi corazón y la otra punta al corazón de Niño Valor. Durante años las puntas estuvieron tan unidas que mi corazón parecía pegado al suyo, estábamos tan juntos que parecíamos siameses ligados por una carnosidad intangible.

El último verano que pasé con él, la delicada

ampolla que contenía la infancia se rompió, la sentí quebrarse adentro mío, justo acá, un ligero dolor físico, un retorcijón en las tripas. La infancia se me fue, con restos de sangre, por la entrepierna.

Entonces la cuerda de plata tuvo, por fuerza, que desenrollarse como el hilo en el carretel de un barrilete. Para permitirle a él irse lejos. Para permitirme a mí irme lejos.

Sin embargo, si tiro fuerte de mi corazón todavía puedo sentirla, finísima, adelgazada por el tiempo y la distancia: una baba del diablo oscilando con el viento.

CHICAS LINDAS

1

Mi amiga Romina y yo queríamos ser grandes, dos señoritas como sus primas, la Zuni y la Diana, que además de ser primas suyas eran mis vecinas. Pero nos faltaban más de diez años para alcanzarlas y por el momento sólo podíamos revolotear a la vuelta de ellas, ser testigos de sus preparativos para el baile, el novio, la noche de sábado.

Todo empezaba después del mediodía entre mates de té y cigarrillos que las chicas fumaban a escondidas de su madre que a esa hora dormía la siesta. Se lavaban el pelo con agua de lluvia y luego de desenredarlo muy bien con un peine fino, mojado así como estaba, se iban sujetando de a mechones con montones de pincitas metálicas, una al lado de la otra, en esta faena que se llamaba "hacerse la toca". Cuando terminaban parecían androides salidos de una película de ciencia ficción con el cráneo así, todo cubierto de metal. Después venía aplicarse en el rostro mascarillas caseras que preparaban siguiendo las recetas de la revista *Para Ti*. Afeitarse las piernas y las axilas. Pintarse las uñas de las manos y de los pies. Tomar un poco más de sol en los hombros y la espalda porque se imponían los soleros escotados y sin breteles y en esa época nunca se estaba lo suficientemente tostada para estar a la moda, sobre todo las chicas que eran tan blancas, tan gringas.

¿Cómo sería ir a un baile? Estar toda la noche fuera de casa bailando, bailando, y volver cuando empezaba a clarear.

¡Tener novio! La Diana lo tenía al Miguel que era camionero y también del barrio. La Zuni lo tenía a Vikito que era medio tarambana y su familia no lo aceptaba. A veces la Zuni caía llorando a mi casa porque había tenido alguna pelotera con su madre por el tema del novio.

—A mí no me importa lo que digan —decía—: el Viki es bueno. Usted sabe que es bueno, Julia.

Y mamá le decía que sí, que era bueno, que ella lo sabía porque lo conocía desde nene. Y bueno era, pero le gustaba demasiado el trago. Por esos años nadie, ni mi mamá que lo conocía desde chiquito ni la Zunilda que enfrentó a toda su familia para casarse con él, hubiera dicho que un mal día de esos, un 23 de diciembre, el Viki iba a matar a cuchilladas a un tipo en una pelea de bar.

Aquel día aciago todavía era lejanísimo e impensable.

La Diana y la Zuni todavía eran solteras y recién empezaban a noviar con sus futuros esposos. Eran dos muchachas felices y cabezas huecas que se pasaban el día riéndose y tomándose la vida con soda. Siempre estaban en mi casa porque eran amigas de mi mamá que tenía pocos años más que ellas y era una especie de confidente.

Al lado de mi casa había construido un solterón del campo que estaba por casarse con otra vecina nuestra que las chicas no podían ni ver. La cuestión es que el tipo siempre las estaba mirando. Las miraba porque eran lindas y porque era medio pajarón. No va que una tarde estábamos tomando mate en el patio y la Diana lo pesca al vecino espiando atrás de la ligustrina que dividía los terrenos. Así que ahí nomás se para, se levanta la pollera, se baja el calzón y le muestra el culo. Lo que nos reímos esa tarde y para todo el viaje. La Zuni lloraba de la risa. La Romina y yo nos revolcábamos en el piso: estábamos tan tentadas que parecía que nos había agarrado la corriente por las contorsiones que hacíamos con el cuerpo. Mi madre quiso poner un poco de orden y buen juicio, pero la situación era tan hilarante que no pudo más que entregarse a esa onda expansiva de risa que había explotado en el patio y que subía hasta la copa de los árboles, hasta el techo de la casa, hasta el cielo tan azul ese verano. Una bomba el culo de la Diana detonando en la cara misma del gringo que no habrá visto un trasero más lindo en su puta vida.

Qué lindas que quedaban cuando terminaban de alistarse el sábado por la noche. Vestidas y maquilladas, lo último que hacían era desarmarse la toca. La Romina y yo las ayudábamos a quitarse las pinzas y, parecía mágico, el cabello caía, lacio y sedoso, llovido hasta la mitad de la espalda. Después nos sentábamos con ellas en la vereda a esperarlo al Miguel que pasaba a buscarlas con su auto para irse al baile. Llegaba el Miguel y pegaba un bocinazo. Él también de pinta, recién bañado y afeitado, la camisa impecable. Las chicas corrían adentro de la casa a buscar la cartera o hacer pis y mirarse una vez más en el espejo. Mientras, nosotras nos acercábamos al auto y muy serias y sin decir nada nos bajábamos un ojo con el dedo índice advirtiéndole que se portara bien. El Miguel, riendo, nos devolvía el gesto: Ojito ustedes, mocosas atrevidas.

2

La Romina era mi amiga de verano. Vivía en otro pueblo y venía a pasar las vacaciones largas a lo de su abuelo, Don Pascual.

Don Pascual era el hombre más rico que yo conocía y era nuestro vecino. Era chacarero y dueño de cientos de hectáreas en la zona. El sitio donde se levantaba su casa, una verdadera mansión en un barrio de obreros, abarcaba media manzana. Sobre la avenida estaba construida la casa, al lado un gran tinglado y al fondo otro, más modesto. En estos dos galpones acopiaban las bolsas de granos y en el resto de terreno libre siempre había tres o cuatro máquinas estacionadas: trilladoras, tractores, arados. Nos encantaba jugar allí, treparnos y conducir los armatostes dormidos como si los gigantescos John Deere fuesen autos de calesita. Caminar por el eje del arado metiendo las piernas desnudas entre los discos pulidos como espejos era el juego más peligroso y también el más excitante: los pies descalzos transpiraban y la barra de hierro se volvía resbaladiza, por lo que era necesaria una gran concentración en el asunto. Cuando llegábamos a un extremo hacíamos un saludo de gimnasta; éramos una mezcla de Nadia Comaneci y asistente de un lanzador de cuchillos.

Yo la quería mucho a la Romina, pero ella era una chica tan posesiva que a veces me daba miedo.

Le gustaba pasar los veranos en lo de su abuelo porque todos eran grandes. Don Pascual vivía con su hija viuda, la Tita, y las dos nietas, la Diana y la Zuni; la otra hija de la Tita, Olga, ya estaba casada. Así que toda la atención de la casa era para ella: la más chica de la familia.

La Romina era bastante malcriada y acostumbrada a hacer su voluntad. Tenía un solo hermano, un par de años mayor: un pillado. Yo era la única amiga que tenía durante las vacaciones.

En uno de los galpones, en el más nuevo, habían hecho una piecita de material para el Luisango, un peón joven a quien Don Pascual quería como a un hijo. En el verano el Luisango siempre estaba en el campo, se quedaba semanas enteras allí trabajando en la cosecha. Así que con la Romina usábamos su pieza para jugar. Nos metíamos ahí horas enteras y revisábamos sus cosas, que eran pocas: algo de ropa y una pila de revistas porno. Cerrábamos la puerta con llave y jugábamos a copiar las poses de las mujeres de las fotos o pasábamos el rato tratando de interpretar las escenas grupales donde se entrelazaban los cuerpos aceitados, lampiños como los nuestros, de las chicas más bien caderonas y con pechos de las formas más diversas: aún no había llegado la uniformidad de las siliconas por lo que aquellas revistas eran un catálogo bien nutrido y heterogéneo de tetas. Con mi amiga elegíamos cuáles nos gustaría tener cuando fuésemos grandes: si estas como gotas, aquellas grandes y pezonudas, volcadas hacia los sobacos, o las otras, bien patrias, redonditas y con la escarapelita marrón bien en el centro.

Sin embargo, el juego se agotaba rápidamente. Estábamos en pleno enero y el calor en la piecita sin ventanas y con la puerta cerrada se hacía insoportable. El calor y el encierro revivían los olores nada santos del Luisango, del colchón pelado, la ropa colgada de un gancho en la pared y el par de zapatos que sólo usaba las noches de baile.

En esa época sólo sabíamos del sexo su mecánica: una suerte de juego de encastre limpio, insípido e inodoro. Pero estábamos en la habitación de un macho joven y sano y aquel olor entre acre y dulzón que al cabo de un rato tragábamos con la boca abierta como pescados empezaba a marearme. Quería salir de allí a toda costa, pero la Romina escondía la llave en algún lugar que nunca pude descubrir.

Empezaba a hablarle como distraídamente, a proponerle que saliéramos a escalar las pilas de bolsas que llegaban casi hasta el techo del tinglado.

—Juguemos algo: la que llega primero se lleva un premio.

—Si estamos tan bien acá… si subimos a las bolsas después nos pica todo.

Era cierto: el polvillo de los granos con restos de pesticida nos llenaba el cuerpo de ronchas, pero prefería eso a estar en manos de esta niña secuestradora.

—Ya debe ser la hora de los dibujitos —decía yo al pasar.

—No —decía ella consultando su relojito de plástico—, todavía falta.

—Me estoy meando, Romi.

—Hacé acá —me decía la muy turra juntando las dos manos.

—Dale, Romi, por favor, que me falta el aire.

—No —respondía seria—, nos vamos a quedar un rato más.

—Abrí la puerta por lo menos, te juro que no me voy, por que se caiga muerta mi hermanita que no me voy.

—No. A ver, haceme las trenzas y después vemos. —Y se soltaba el largo pelo que le iba hasta debajo de la cintura.

Me arrodillaba en la cama y empezaba a trenzarle el cabello. Sentía el picor del llanto en los ojos.

—Después salimos… un ratito nomás —le decía ya completamente aterrorizada— y volvemos: hago un pis y vuelvo, te juro.

Ella nada.

A veces terminaba de peinarla, se miraba en un espejito redondo que el Luisango tenía en la pared y le gustaba, aunque no lo decía. En cambio, abría la puerta.

—Estoy recontra aburrida, chau —decía y se iba.

Otras veces no le gustaba y se las deshacía a los tirones, arrancándose hebras de pelo.

—Hacelas de nuevo: son un asco.

Cuando por fin me liberaba, volvía a mi casa toda transpirada y con los ojos colorados. Mi madre tejía a máquina —trabajaba de eso— y mi hermanita jugaba debajo de la mesa sobre una manta, todavía no sabía caminar. Me acostaba con ella ahí abajo y miraba el revés de la tabla de la mesa, los huevos de las arañas como perlas de seda en las junturas, las piernas tostadas de mi madre. Cerraba los ojos y me dejaba consolar por el ruido seco del carro de la Knittax yendo y viniendo sobre los dientes de plástico. Rac-rac, rac-rac.

3

Despuntábamos las últimas horas de la tarde jugando en la calle de tierra, con las patas negras y el pelo desgreñado. Aunque el sol era un poco más débil, a la tardecita todavía apretaba el calor. Un vecino estaba quemando pasto y porquerías en la vereda. Una cortina de humo espeso cortaba la calle por la mitad. Nos turnábamos las bicicletas, dos o tres, siempre éramos más los niños que las bicis, agarrábamos envión y atravesábamos el muro negro a todo dar. Una vez del otro lado había que clavar los frenos porque ahí nomás pasaba la ruta camino a Villaguay, muy transitada por camiones, sobre todo a esa hora: los camioneros prefieren viajar cuando empieza la fresca. Apretar bien fuerte los frenos y girar un poquito el manubrio para no terminar desparramados en el asfalto. Los más experimentados hacían el giro con elegancia y quedaban con la bicicleta atravesada en la calle, un pie en tierra y el otro sobre el pedal quieto. Antes de volver, había que tomarse unos minutos para aclarar la vista porque siempre algo de humo entraba en los ojos. Otra vez a agarrar velocidad y pasar como esos perros de circo que atraviesan limpiamente un aro de fuego. A la vuelta no había que frenar de golpe, sino parar los pedales y dejar que la bici siguiera su curso hasta el badén. Los que siempre estaban para más, ahí soltaban el manubrio y se cruzaban de brazos o nos tiraban besos con las dos manos como si fueran princesas. Los que volvían apestaban a humo y tenían virutas negras pegadas al cuerpo sudado.

De no haber pasado lo que pasó, una buena nos habría esperado a todos y cada uno en casa por volver tan sucios y ahumados.

Pero la sirena puso fin al juego. Escuchamos atentamente. Conocíamos el código: dos toques significaban accidente y tres, incendio.

Ese verano sin lluvias nos habíamos cansado de escuchar los tres toques. A cada rato se desataban incendios en El Palmar y todos los bomberos de la zona iban a prestar ayuda. Se decía que durante los incendios los animales huían en estampida hacia la ruta 14. Muchos eran atropellados por los automovilistas. Se podía ver de todo, decían: desde yararás hasta guazunchos y zorritos. Ni hablar de las bandadas de pájaros que formaban manchones oscuros en el cielo y las copas de los árboles que bordean la ruta.

Esta vez la sirena sonó dos veces. Esperamos al borde de la decepción el tercer toque, pero nada.

¡Accidente!, gritamos levantando los bracitos como si hubiésemos completado un cartón de lotería.

En eso llegó uno de los nuestros que había quedado del otro lado de la barrera de humo. De ansioso dejó la bicicleta tirada y vino corriendo.

¡Vengan! ¡Vamos a ver! Parece que hubo un accidente en las Cuatro Bocas.

Las Cuatro Bocas, ese lugar maldito era noticia otra vez.

Fuimos hasta el boulevard que divide la ruta que entra y sale del pueblo. Pasó el carro de bomberos y atrás la ambulancia. Toda la gente ya estaba en la vereda. Algunos con pequeñas radios portátiles esperando que el programa de la tarde fuera interrumpido por la musiquita que anunciaba las noticias de último momento. Pero la emisora estaba en Colón y probablemente tardaría un poco en llegar la noticia al estudio para que el locutor la leyera en el micrófono y viajara por el aire hasta nosotros que estábamos apenas a dos kilómetros del cruce funesto donde aparentemente había ocurrido el accidente. Si no había muertos, no dirían nada hasta la mañana siguiente.

A los quince o veinte minutos vimos pasar nuevamente la ambulancia; la sirena roja, más roja y encendida porque ya había caído el sol y empezaba a oscurecer. Pasó a los piques rumbo al hospital.

Uno de los vecinos no dudó en parar al primer automovilista que llegó desde esos lados. El hombre era un forastero. Dijo que un auto había atropellado a una nena. No sabía si estaba viva o muerta. Cuando él pasó ya habían levantado a la criatura, pero había mucha sangre en el pavimento y sobre el capot del coche, que había quedado en la banquina. Dijo que vio al conductor agarrándose la cabeza y pegando puñetazos en el techo del auto. No pudo ver más porque los bomberos lo obligaron a retomar la marcha, pero que, por lo poco que alcanzó a ver, aquello estaba muy feo.

Se hizo un gran silencio. El hombre del auto se quedó un momento con la cabeza afuera de la ventanilla y una mano en el volante mirando al grupo de mayores que lo había rodeado, como esperando nuevas preguntas que mantuvieran su protagonismo. Sonreía amablemente. Pero la gente se separó enseguida del vehículo, despejándole la calle. Su ruta, parecían decirle sus caras serias, como si junto con el tipo fueran a largarse las malas nuevas. No tuvo más remedio que dar marcha y seguir su camino. Antes de arrancar preguntó por algún hotel donde pasar la noche, pero nadie le respondió.

¡Una nena! ¡Habían atropellado a una nenita! ¿Quién podía ser? De inmediato empezaron a tejerse las conjeturas.

En esa zona había pocas casas porque ya prácticamente empezaba el campo. Estaba el Parador de Reymond, pero el Luis sólo tenía varoncitos. Después estaban los Brem, una pareja ya mayor: ¿podría ser alguna nietita de los Brem que estuviese visitándolos? Una señora dijo que no, que ella era amiga de Rosa Brem y que la Rosa siempre se le quejaba porque los dos hijos casados no le daban nietos. Alguien mencionó dos o tres familias nuevas que habían poblado por ahí. Porteños. Podía ser que tuviesen chicos.

Mientras los grandes hacían sus elucubraciones, nosotros, los niños, hicimos rancho aparte en el boulevard: algo muy serio le había ocurrido a uno de los nuestros. Adentro de esa ambulancia llevaban el cuerpo gravemente herido o hasta muerto de una nena como yo, o la Romina, o cualquiera de las chicas de mi grado.

Si la víctima de ese accidente sobrevivía, nos despertaría envidia con sus vendajes, yesos, clavos y mangueritas entrando y saliendo de su boca, nariz y brazos. Hasta saldría una foto suya en una cama de hospital en la tapa del semanario *El Observador* que dirigía Retamoza. De la noche a la mañana todos estarían hablando de ella y hasta les pondrían su nombre a las bebas que nacieran en esos meses.

Pero ¿y si moría? Quería decir que los chicos también pueden morirse. La revelación nos sacudió a todos como una paliza.

Uno de los varones —¡tenía que ser!— dijo:

—Si está muerta ya se debe haber convertido en ángel y estará en el cielo con la Virgen Niña (la patrona de nuestro pueblo).

—Callate, vos —le gritamos todos—. No seas bicho de mal agüero.

Hablar de convertirse en ángel como de convertirse en la Mujer Maravilla o en Superman, el muy paspado.

Enseguida empezamos a escuchar nuestros nombres voceados en la nochecita: Gustavooooo, Mataquito, Luis Maríííííía, Patricia, Andreíta, Selva, Romi, Jorgito, Dardo, Rauli, Nango... nuestras madres nos llamaban a su lado con urgencia y el timbre un poquito quebrado, pensando seguramente en esa madre que ahora mismo tendría el corazón roto.

Como nunca, enfilamos derechito hacia nuestras casas y ese día no hubo ninguna pataleta a la hora de bañarse.

Aunque yo ya me arreglaba sola, mi madre insistió en secarme y desenredarme el pelo. Para ello me sentó en la falda y estuvo un rato larguísimo pasándome el peine, demorando el momento de dejarme ir.

Mi padre había sacado la televisión a la vereda como el resto de los vecinos. La noche estaba iluminada por las pantallas encendidas, en blanco y negro, y el humo de los espirales flotaba al ras del piso.

Esa noche no hubo jugar en la calle ni seguir en banda un programa de tele de casa en casa. Nadie tenía ganas de andar escorchando por ahí.

Mi mamá nos sirvió un vaso alto lleno de granadina a mi hermano y a mí. Me puse contenta porque me encantaba y no la tomábamos todos los días. Pero cuando levanté el vaso para llevármelo a la boca y vi el líquido púrpura, me acordé de lo que había dicho el tipo del auto, de toda la sangre que había visto en el asfalto, y se me hizo un nudo en la panza.

Tarde en la noche nos enteramos de que la nena había muerto. Se llamaba Carina. Yo la conocía de vista. No iba a mi escuela.

4

Me encantan las terrazas. Todo cemento. Ni una gota de sombra. En el pueblo casi no hay casas con terraza. Las casas tienen fondo con pasto y árboles. O grandes patios prolijamente embaldosados. Nadie piensa en una terraza. Las terrazas son para las casas de la ciudad que se encastran unas con otras como rastis.

Me acuerdo una tarde.

La tía de mi amiga tomaba sol en la terraza. Tenía unos pocos años más que nosotras. Entonces parecían un montón.

El cabello recogido. Sólo la bombacha verde del bikini, bien cavada, como se usa.

Mi amiga controlaba el tiempo en su pequeño reloj a cuarzo. Mirándola las dos con las patas metidas adentro de la pileta de lona.

Veinte minutos justos, boca abajo.

Tiempo cumplido.

Girar boca arriba. Antes de volver a echarse en la loneta, colocarse dos algodones con crema humectante en los pezones.

—Si los toca el sol, después te da cáncer —me explica mi amiga en voz baja como confiándome un secreto importantísimo.

Por leer las revistas de su tía ella sabe un montón acerca de tumores femeninos, ciclo menstrual y tipos de beso.

Desde allí podíamos ver la canchita de fútbol de la escuela. Las aulas del fondo con las persianas bajas. Todo desierto porque es verano.

Atrás de la casa, el padre de mi amiga tiene un aserradero. Uno grande. Los troncos entran en los camiones, cilíndricos y gigantes, y salen convertidos en delgados listones. Con los recortes, fabrican cajones para fruta. Cabezales, mejor dicho: el cajón se termina de armar en otra parte.

Cuando se encienden las sierras eléctricas hay que subir a tope el volumen del pasacassette y saberse muy bien la canción para reconocerla a pesar del barullo de las máquinas.

La madre de mi amiga se queja. Tiene una casa preciosa, recién terminada, muebles nuevos, pero por más que se pasa el día limpiando siempre hay polvillo de madera en todas partes. Y cada vez que traen carga de Misiones hay que andar con cuidado porque las arañas que vienen en los troncos dos por tres se meten en la casa.

Nosotras no tenemos edad para tomar sol así como ella, con bronceador y sin corpiño. Quizá el verano próximo, cuando terminemos séptimo.

—Vos sí que tenés suerte —me dice la tía mirándome las patas flacas que me salen del shorcito—, agarrás color enseguida. No como nosotras que somos dos chorros de leche.

Y nos dice que vayamos a ver si alguno de los empleados la está espiando. Siempre agarramos a uno o a dos. De los más jóvenes que son los que hacen cabezales. Ellos pueden distraerse de los martillazos y engordar la vista un rato. Los hombres más grandes, que manejan las máquinas, no pueden. La distracción podría costarles una mano y hasta el empleo si el patrón se da cuenta de que descuidan las sierras para mirarle la hermana.

5

Éramos tres amigas: Mara, Dalia y yo. A Dalia durante el verano la vemos poco. Tiene que quedarse cuidando a sus hermanos más chicos y por la tarde trabaja de niñera en una casa. A veces cuando los lleva a la plaza, Mara y yo vamos con el mate y le hacemos compañía y estamos las tres juntas de nuevo.

Antes de conocer a Dalia también éramos tres amigas. Y cuando Dalia llegó a la escuela, por unos pocos meses, fuimos cuatro. Pero cuatro no es un buen número. Tres, es perfecto. Abandonamos a la otra. Dalia venía de otro barrio y de otra escuela. En ella todo era novedad. Se puso feliz cuando la elegimos. Siempre hacía todo por agradarnos y tenernos contentas. Creo que en el fondo tenía miedo de que un buen día apareciera otra chica y Mara y yo la olvidáramos.

Hay una época, ese período de tiempo entre los once y los trece años, en que la amistad entre chicas es algo especial. Tiene poco y nada de fraterno y se parece bastante más al amor. Diría que nosotras nos queríamos como novias. Nos celábamos, nos extrañábamos y estábamos al pendiente de las otras día y noche.

Las tres llevábamos diarios íntimos. A esa edad una siempre tiene un diario, siempre al día, aunque no pase nada extraordinario, se anotan pavadas, qué hubo de almuerzo o sobre alguna remerita que vimos en una vidriera y nos gustaría tener.

Mara y yo escribíamos obsesivamente nuestros diarios. Dalia, en cambio, tenía uno porque nosotras se lo habíamos regalado cuando nos hicimos amigas.

—Tenés que escribirlo todos los días —le explicamos cuando lo sacó del envoltorio y nos quedó mirando.

—Es un diario íntimo.

—¿Y para qué? —dijo Dalia.

—Bueno, ahí escribís tus pensamientos, tus cosas. Para desahogarte.

Pero Dalia no tenía tanto tiempo o tantas ganas de desahogarse como nosotras y a veces pasaba semanas sin escribir una línea en su diario. Nos dábamos cuenta cuando llegaba el día de intercambiarlos, dos o tres veces al mes, porque entre mejores amigas no hay secretos ni diario realmente íntimo. Se notaba que la noche antes del intercambio, Dalia se quedaba hasta tarde completando las páginas vacías de su diario, ayudada por un almanaque de bolsillo para no pifiarle a las fechas. En las primeras páginas escribía una cosa distinta cada día, pero se cansaba enseguida y repetía cuatro o cinco veces lo mismo, de corrido, como si sus días fuesen un calco exacto uno de otros. A veces anotaba que habíamos hecho tal cosa en una fecha en que ni siquiera nos habíamos visto. O se inventaba una tarde idílica con su familia, muy a lo Luisa May Alcott, cambiando los nombres de los personajes por los de su madre y hermanos y ubicando el relato, por supuesto, en un paisaje sin nieve.

Nosotras nos dábamos cuenta y nos fastidiaba que no pusiera el mismo empeño en su diario que Mara y yo. Que no lo tomase en serio. Después de todo, nosotras volcábamos todo ahí. Quizás mentíamos un poquito, a veces, pero sólo para hacerlo más interesante.

El tráfico de diarios íntimos terminó el día que la madre de Dalia interceptó uno de los nuestros, el mío o el de Mara, no recuerdo, y leyó que un fin de semana que nos quedamos a dormir en casa de Mara pues sus padres, que se habían hecho evangelistas, se habían ido a un retiro espiritual de matrimonios, habíamos estado practicando besos de lengua. Entre nosotras. En esa época no hubiésemos dejado que ningún varón nos besara.

La madre de Dalia era una mujer bruta. Había tenido demasiados hijos juntos y arreglaba todo a los golpes. Esa vez le pegó mucho a Dalia y le dijo que no iba a permitir una tortillera en su casa. Esa palabra nos indignó muchísimo. No estábamos haciendo nada malo. Sólo ensayábamos para cuando nos tocara besar a un chico de verdad.

Durante los recreos, las hermanas de Dalia nos cantaban tortitas de manteca. Hasta que con Mara nos hartamos y las agarramos en el baño. Ellas se habrían criado en el Tiro Federal, el barrio más pesado del pueblo, pero nosotras estábamos en séptimo, éramos abanderada y escolta, dirigíamos el periódico de la escuela, y no íbamos a dejar que unas pendejas cursientas nos agarrasen de punto. Nunca más volvieron a joder con el cantito. Creo que ni cuando nació el hermanito más chico se animaron a cantarle la canción.

6

La tía de mi amiga es apenas mayor que nosotras. Entonces ella no le dice tía. La llama por su nombre. Antes la llamábamos por su sobrenombre. Pero después nos dijo que no le gusta que le digamos así. Que le digamos su nombre, pues el otro, el que usa en el ámbito familiar, es tonto y las amigas se burlan.

Cuando sea un poco más grande, Mara quiere ser como su tía. No va a ser igual porque Mara ya es más linda. Y en el fondo, aunque no se lo diga, espero que no se parezcan en nada más que el apellido. No me gustaría ser amiga de Mara si ella es como su tía, pues no me caben las amigas de su tía. Aparte todo el mundo sabe que la tía y su grupo son una manga de pilladas. Se creen chicas lindas.

Lo que sí me gustaría es tener las tetas grandes de la tía de Mara que es muy flaca pero tiene las tetas muy grandes. Igual ya sabía que nunca tendría esas tetas. No sabría nada de genética, pero podía intuir que las tetas grandes o se heredan o se fabrican. No hay vuelta.

La tía de Mara iba al colegio privado, el Comercial, donde usan trajecito azul y corbata roja. Yo no iba a ir a ese colegio, sino al Nacional, el del Estado, donde las chicas usan guardapolvo blanco igual que en la primaria y podés ir de vaquero y zapatillas excepto en los actos, donde hay que ponerse medias azules tres cuartos y guillerminas negras.

Estábamos prácticamente en séptimo y Mara todavía no sabía si ir al Nacional conmigo y Dalia o al Comercial como su tía. Como su padre era bastante rico, seguramente la mandarían al privado. El Comercial era para los del campo y para los hijos de los nuevos ricos. Los ricos de siempre, los que tenían apellidos que nombraban calles, iban al Nacional. Y los pobretones también íbamos al Nacional, pero siempre nos tocaba la división francés. Un idioma que según decían no servía para nada.

Al final, Mara el primer año no fue a ninguno de los dos, pues su padre la fletó de interna a un colegio adventista que quedaba en un pueblo a más de doscientos quilómetros. Ellos eran evangelistas, pero los evangelistas no tenían colegio y ahí en el pueblo era lo mismo. Todos los que no fuesen católicos, eran lo mismo.

Pero ese verano todavía no sabíamos nada cierto sobre nuestro futuro. Mientras la tía se asoleaba, con Mara hablábamos de las ventajas y las desventajas de ser del Nacional o del Comercial.

Mi madre había ido al Nacional y mi hermano iba al Nacional. Yo le decía que si vas al Nacional después podés estudiar cualquier cosa porque te prepara para todo. En cambio, si vas al Comercial no te queda otra que ser contadora pública.

Okay, me decía Mara. Su tía siempre decía okay y

se nos había pegado. Pero pongamos por caso que no seguís una carrera, si estudiaste en el Comercial tenés trabajo seguro en lo del Patón Eggs. O de última en el banco o en la cooperativa arrocera.

(El Patón Eggs es el millonario del pueblo. Todos le dicen Patón de puertas para adentro; en público es Néstor. El apodo le viene de cuando era muy pobre y andaba descalzo los días de lluvia porque sólo tenía un par de zapatos. Pero esa es otra historia.)

Me parecía un anhelo mediocre trabajar en la empresa de pollos del Patón. Mi padre, que es letrista, en esa época le pintaba los camiones y yo sabía que pagaba mal. Todos saben que paga mal y es un negrero. Yo nunca iba a trabajar en la empresa del Patón. Antes me muero de hambre, le dije a Mara. Yo iba a ser periodista.

Donde terminaba el aserradero del padre de mi amiga empezaba una manzana baldía. Un enorme predio con una gruta construida con piedras donde había una imagen de una santa.

En ese lugar se instalaban los circos y los parques de diversiones.

—¿Te acordás de Claudio?—, le dije a Mara.

Claudio era el chico más hermoso que habíamos visto en la vida. Había venido con un circo, ese año, y fue con nosotras dos o tres semanas a la escuela.

—¿Quién? ¿El hijo del director?

—No. Ese no. Claudio el del circo.

El hijo del director y de la que había sido nuestra maestra de tercer grado también se llamaba Claudio y también nos había parecido lindo cuando éramos más chicas.

—Ah, sí. Qué lindo era—, dijo Mara volviendo su rostro hacia el baldío.

El chico del circo era precioso. Tenía la piel aceitunada y los ojos azules. En esos pocos días que estuvo en nuestro grado nunca nos dirigió la palabra. Se juntaba sólo con los varones.

Una vez, en una clase de educación física, nos hicieron correr una carrera. Era una competencia. Corríamos de a cinco. Alguien ganaba.

La cuestión es que cuando le tocó correr a Dalia, Claudio apostó por ella.

Dalia tenía una camperita amarilla huevo que siempre usaba los días frescos. Una prenda pasada de moda, brillante, tramada en fibra sintética, con un dibujo que formaba como globitos.

Cuando las cinco chicas largaron, Claudio les dijo a los otros varones: le voy a la de campera amarilla. Y Dalia ganó esa carrera.

Mara y yo nos morimos de envidia.

No es que al chico del circo le gustase Dalia. Había reparado en su velocidad (aunque regordeta, Dalia era muy buena corredora); la había mirado a ella y no a nosotras.

Fuimos a casi todas las funciones para verlo. Era trapecista como sus padres. Allá en lo alto, casi rozando la lona del techo de la carpa, enfundado en un traje enterizo de lycra rojo con lentejuelas en el pecho, volando por el aire, era todavía más hermoso que en tierra.

Cuando llegaba un circo muchos de nuestros compañeros trabajaban llevando agua a los animales, cambiando la paja de las jaulas, haciendo tareas menudas a cambio de entradas gratis. Las chicas no podíamos hacer lo mismo. Íbamos por las tardes a ver a los animales y a pasearnos entre las casillas rodantes, escapadas, con las cabecitas llenas de advertencias de nuestras madres acerca de lo peligroso de las gentes de los circos. Que roban niños y se los llevan para trabajar. Que por pocos pesos compran perros y gatos para darles de comer a los leones. Que son todos gitanos, gente taimada, de cuidado.

Me daba mucho vértigo estar ahí.

Enamorarme de alguien a quien no volvería a ver nunca más en mi vida. Era intenso y doloroso.

Cuando el chico se soltaba del trapecio y quedaba suspendido esos escasos segundos eternos, yo sentía el corazón en la boca. Enamorada.

—¿Te das cuenta de que nunca más vamos a verlo? —le dije a Mara mirando hacia el predio desierto cubierto de pasto verde y nuevo. Sin rastro de camellos, osos bailarines, enanos.

8

A la tardecita la terraza quedaba iluminada por los faroles de la calle que se encendían automáticamente. Veíamos a los empleados salir del aserradero por el costado de la casa en grupos de tres o cuatro, en cueros, con la remera al hombro, sacudiéndose el aserrín de los cabellos y encendiendo cigarrillos. Adentro no les permitían fumar. Algunos directamente se cruzaban a la canchita de la escuela, donde ya había algunos muchachos del barrio jugando fútbol. Otros seguían para sus casas o se demoraban en el bar de Rapay tomando una cerveza helada y jugando unas fichas al metegol.

A esa hora pasaba el regador municipal y el vapor caliente de la calle subía hasta nosotras oliendo a pedregullo mojado.

Empezaban a pasar algunas chicas, recién bañadas, con soleros livianos y sandalias de taco bajo. Salían a caminar con sus amigas, a contarse chismes, a encontrarse con el novio. También las mujeres más grandes salían a esa hora, vestidas con calzas y zapatillas. Mientras las jóvenes agarraban para el Centro, estas se iban para el otro lado, a la

Virgen de las Cuatro Bocas, más allá de la salida del pueblo. Había empezado a ponerse de moda el trekking.

La muerta en su cama

San José es un pueblo chico de la provincia de Entre Ríos, en la costa del Uruguay. No se levanta sobre el río, sino a unos pocos kilómetros: es el pariente pobre de Colón. Fue una de las primeras colonias agrícolas del país; sus primeros pobladores llegaron de Piamonte (Italia), Saboya (Francia) y el Cantón de Valais (Suiza). Tiene un museo histórico bastante importante y completo, el primer Tiro Federal del país (no sé si esto signifique algo, pero es un dato que aparece en las guías de turismo de la región), y todos los años se realiza la Fiesta de la Colonización con desfile de carrozas y vestidos típicos, música y comida de las distintas colectividades.

Más allá de su pasado europeo, lo cierto es que la ciudad terminó de construirse alrededor del frigorífico Vizental. Terminó convirtiéndose en un pueblo de obreros.

En las épocas en que el frigorífico funcionaba a pleno, el olor que envolvía a San José era espantoso. Cuando íbamos a visitar a mi tía que vive en Colón y pasábamos por allí en el colectivo nos tapábamos la nariz y la boca para no sentirlo. Pese a todo, había algo hermoso en esa enorme planta con chimeneas humeantes y playones de cemento por donde entraban y salían camiones y, a un costado, se estacionaban en hilera cientos de bicicletas. Si uno pasaba a la tardecita o de madrugada se cruzaba con grupos de obreros completamente vestidos de blanco, con botas de goma también blancas, pedaleando despacito por la orilla de la ruta.

San José siempre fue para mí un pueblo de paso. No lo conozco sino desde arriba de un micro, pero ya desde pequeña me parecía un sitio muy triste.

El 16 de noviembre de 1986, tenía 13 años bien cumplidos. Habían pasado unos cinco o seis veranos desde que la Romina me encerraba en la pieza del Luisango y hacía rato que habíamos dejado de ser amigas. Había pasado un verano entero desde aquel en que Mara y yo veíamos tomar sol a su tía en la terraza. Mara estaba pupila en el colegio adventista. Con Dalia fuimos a visitarla una vez ese año y nos mostró el dormitorio que compartía con otra chica, el salón de actos, el parque y el comedor —le decían buffet. Todo muy nuevo, pulcro y ordenado: igual que en las películas yanquis. Mara también estaba distinta, ya no usaba vaqueros sino polleras largas y guillerminas y hablaba más pausado. Nos cruzamos con algunos compañeros suyos y nos presentó, pero no hablamos mucho. Cuando nos despedimos, nos dimos un largo abrazo y Mara prometió que nos veríamos pronto. Aunque iba poco a su casa porque después le costaba volver a acostumbrarse a estar lejos.

Dalia y yo cursábamos nuestro primer año, división francés, en el Colegio Nacional. Teníamos nuevos compañeros y un montón de materias y profesores, y nos iba bastante bien.

Pero mi relato va hacia la chica muerta en San José, tan cerquita de mi pueblo. Una historia que nos conmocionó a todos y que todavía sigue dando vueltas en mi cabeza.

Esa noche, la del 15 al 16 de noviembre, Andrea, una hermosa estudiante del profesorado de psicología, no había ido al baile del club Santa Rosa como el resto de las jovencitas sanjosesinas.

Esos bailes eran famosos en la zona. Mi tía y sus amigas iban siempre. Cuando mejor se ponían era cuando el animador y pasadiscos de la noche era el Pato Benítez, uno que tenía un programa de radio en LT26. No sé si el Pato Benítez era un muchacho apuesto, me parece recordarlo más bien flacucho y narigón, pero como trabajaba en la radio todas las chicas, empezando por mi tía, le andaban atrás. Igual no viene al caso. No sé si era quien animaba el baile de esa noche, pero bien podría haber sido.

Entonces esa noche Andrea no estuvo en el baile con su hermana y la barra de amigos. Salió un rato con su novio, a dar unas vueltas en moto por el centro y tomar un helado. Luego, a eso de las doce de la noche, se despidieron: ella tenía un examen importante y debía estudiar.

Cuando lo acompañó hasta la calle, vio que se venía la tormenta, así que se apuró a entrar y meterse en la cama, con los apuntes en la mano.

En el dormitorio de al lado, pegado al que ocupaba con su hermana, dormían los padres y el hermano más chico.

Leyendo sus fotocopias, Andrea se quedó dormida.

Una hora después tal vez la tormenta que chillaba y refucilaba sobre el pueblo, tal vez un ruido adentro de la casa, tal vez un mal presentimiento, despertó a su madre. La mujer fue directamente al dormitorio de las hijas, encendió la luz. La que había ido al baile aún no había regresado, su cama seguía vacía, con las sábanas tensas metidas abajo del colchón. La otra, Andrea, dormía, parecía dormir. Algo en la aparente armonía del cuerpo acostado boca arriba, los brazos a los costados, el cubrecama doblado sobre el pecho de la muchacha, el cabello prolijamente esparcido sobre la almohada, algo llamó la atención de la mujer. Medio abombada por el sueño, no podía decir qué era lo que le hacía ruido en esa postal de Bella Durmiente. Hasta que se dio cuenta: sangre, unas gotitas de sangre en la nariz.

Sin atreverse a tocarla, llamó a su marido.

¡Vení! ¡Vení te digo!

A Andrea la mataron de una puñalada en el corazón, mientras dormía en su propia cama. No intentó defenderse, pero su cuerpo quedándose sin aire y sangre habrá sufrido espasmos, movimientos convulsos, durante dos o tres minutos, el tiempo que lleva morirse con una herida así. Sin embargo, su cuerpo estaba como tranquilamente dormido. El o los asesinos, antes de salir de la habitación, acomodaron amorosamente el cadáver de la chica.

A partir de que se supo la noticia se dijeron muchas cosas. Todo ese verano hablaríamos de la chica muerta, su asesinato sería tema de conversación una y otra vez, aun cuando se terminaron las novedades y el caso empezó a estancarse.

Decían que para ir a dar aviso a la policía el padre se había vestido y se había puesto zapatos acordonados. Los zapatos, sobre todo, eran un elemento de sospecha. Ante algo así, aseguraba la gente, uno sale en pijama y en patas, no se detiene a ponerse medias y atarse los cordones.

Decían que cuando la policía llegó, la madre había limpiado los pisos del dormitorio, dado vuelta el colchón y cambiado las sábanas. Además había lavado el cuerpo de su hija y le había puesto un camisón.

Decían esto y muchas otras cosas. La gente decía, inventaba porque no había, nunca hubo, novedades de la justicia.

Los padres y el novio encabezaron la lista de sospechosos, pero tampoco hubo pruebas concretas que los incriminaran. Ni razón alguna de por qué alguien la quería muerta. La gente tejió y destejió a gusto. Se habló de magia negra, secta satánica, narcotráfico, prostitución, un amante celoso.

Pasaron veinte años y nunca se supo nada ni se resolvió el crimen. Probablemente el asesino de Andrea siga respirando el olor a tierra mojada que precede a las lluvias y sintiendo el sol sobre su cara. Mientras ella mira crecer las flores desde abajo.

EN FAMILIA

Denis no vuelve

Mi tío se voló la cabeza en la cocina de su casa alquilada. Una casa sin terminar del conurbano bonaerense.

Aquí y allí cae una llovizna persistente desde hace varios días con sus noches. Algo común en esta época del año. Fines de junio, principios del invierno. Un clima asqueroso.

Mi madre ha llamado para darme la noticia.

—Murió tu tío.

—¿Cuál?

—Denis. El hermano de tu padre.

Me quedo callada pensando cuánto hace que no lo veo. Quince años, calculo.

—Es espantoso —dice mi madre incómoda con mi silencio—. Acá estamos todos pasmados.

—Murió Denis —digo.

—Sí. Es espantoso —repite.

Lo vi poco antes de que se escapase con la mujer de su mejor amigo. Era el cumpleaños de mi abuelo. Y fuimos con mi padre y mi hermana al campo, en el auto del marido de mi tía la mayor.

Una linda fiesta que duró todo el día. Estábamos nosotros, Denis, mi tía más chica que recién había tenido a los mellizos, el amigo de Denis con su mujer y sus tres hijos, el menor de pecho todavía, el abuelo y su esposa.

Hubo asado y mucho vino. Era un día caluroso de abril. Hacia la tarde, el amigo de Denis tocó chamamé en su acordeón a piano y lo acompañamos en las partes que sabíamos.

Hasta para mí, que tenía doce años, era evidente que Denis se estaba acostando con la mujer del amigo.

Unas semanas más tarde supimos de la fuga. Denis dejó atrás la casa de sus padres y a sus sobrinos mellizos. Ella dejó todo lo que tenía: el marido, los hijos, el pequeño sin destetar. Se fueron con lo puesto.

—¿Y cómo murió? —digo.

—Se pegó un tiro —dice mi madre, como extrañada por mi pregunta.

Denis ya había desaparecido antes. Cinco años por Formosa. Cinco años sin noticias suyas. Creyéndolo muerto a manos de los contrabandistas o de los gendarmes. Un buen día de estos volvía, desarrapado y con la piel pegada a las costillas. Repleto de anécdotas exóticas sobre inundaciones y lampalaguas gruesas como el muslo de un hombre, dos o tres veces más largas, bajando del Brasil, enroscadas sobre las islas flotantes de los camalotes que también traían monos aulladores. Historias de balas silbantes en la noche cerrada de la frontera. Y cuentos de amoríos con niñas pulposas y morenas que sabían comportarse como mujeres hechas y derechas. Ahí en Formosa armó rancho con dos hermanas y vivieron un buen tiempo los tres juntos hasta que las chicas emigraron a Asunción, seducidas por un gringo que tenía negocios allá. Guardaba un buen recuerdo de sus novias —como las llamaba. Él mismo las había animado a marcharse. En Formosa no hay futuro para los jóvenes, decía.

—¿De dónde sacaría el arma? —digo.

—No sé —dice mi madre con un suspiro.

De haberse quedado en el campo, se habría colgado. En el campo son comunes los ahorcados. Dos o tres cada año, bamboleándose de una rama alta como grandes bichos canasto.

Hará cuatro años, ella, la ahora mujer de Denis, volvió trayendo a las dos hijas que tuvieron para que conocieran a la familia. Yo justo estaba de visita en casa de mis padres. Ella me abrazó muy fuerte y me dijo que Denis siempre hablaba de mí.

—Sos la luz de sus ojos —dijo.

Entonces recordé un día en el campo. Yo tenía unos siete años y fuimos con Denis a la arrocera de un vecino.

—Te voy a mostrar algo —me dijo—. Un tesoro.

Debajo de un árbol grandísimo y muy viejo había un pozo abandonado con la boca tapada con unos tablones, por precaución. Denis quitó las maderas medio podridas y nos echamos de panza en el borde. La copa rala del árbol dejaba pasar gruesos rayos de sol que caían adentro del pozo, iluminando la profundidad. Entre los ladrillos que calzaban las paredes, crecía una gran variedad de helechos. Hojas planas, de finísima factura, como un ñandutí verde caían sobre otras, más gruesas, de puntas rizadas que a su vez se mezclaban con el común y corriente helecho serrucho que pasaba por debajo, como protegiendo de eventual caída al pequeño y volátil llamado repollito, de hojas diminutas y redondas. Todos explotando en brotes morados, enroscados en sí mismos, parecidos a ciempiés, que así es como son los brotes del helecho, las hojas antes de ser completamente hojas. Antes de abrirse para ser netamente vegetales parecen gusanos.

Alimentados por la humedad de los ladrillos y la escasa luz que se colaba por las junturas de los tablones, apañados por el rumor del agua que salía de un enorme caño para irrigar los canales de la arrocera, los helechos tejían su mundo verde y vegetal agarrándose a este mundo con los delgados, blancos tentáculos de sus raíces, reproduciéndose a sí mismos sin necesidad del viento ni de los pájaros o las abejas pues son hermafroditas.

Denis me estaba mostrando lo más parecido a un tesoro de pirata. Enterrado en lo profundo de la tierra, un cofre repleto de joyas verdes.

Ella y las nenas habían venido a tentar terreno. Pero mi abuelo y su esposa hacía rato que habían vendido el campo y se habían mudado al pueblo. La vieja historia de la fuga ya estaba casi olvidada. Incluso el amigo de Denis y marido de ella había claudicado su promesa de matarlos si tenían el descaro de volver. Ella tenía, además, la secreta esperanza de recuperar a sus otros hijos. Sin embargo los chicos, que ya eran muchachos, no quisieron verla.

Denis regresó después de aquel viaje de ella y las hijas. Un buen día de esos se presentó en la casa de mi abuelo. Su madre lo abrazó y lloró mucho. Amaba a su hijo más que a nadie. Él le prometió volver seguido pues ahora tenía un trabajo fijo y podía costearse los pasajes.

—Está igual —me dijo mi madre, después, por teléfono—. Más gordo y con menos pelo. Pero igual.

Fue una vez más. Mi abuelo tuvo un ataque y estuvo internado una semana. Le avisaron y Denis se tomó el primer colectivo hacia allá.

Después me dijo mi tía la mayor que prefería que Denis no volviera. Había ido bebido al hospital y encima le había pedido plata prestada.

—Tenés que ir —me dice mi madre—. Ya sé que no te gustan los velorios. Pero estás cerca. Y después de todo era tu tío.

Es verdad: no me gustan los velorios.

Aunque no me lo diga, sé que está muy triste. Si los hermanos de Denis, mi padre y mis tías, no hubiesen tomado la absurda decisión de ocultarles a mi abuelo y su esposa la muerte de mi tío, mi mamá se hubiese tomado el primer colectivo hacia acá para estar en el entierro.

—Viste cómo son —dice—. Tienen esas cosas que una no entiende.

Y hablamos un rato de esas cosas que ellos tienen y nosotras no comprendemos. Hablamos como si no fuesen, al fin y al cabo, nuestra familia.

Llego a la tardecita a Florencio Varela. Tengo anotada en un papel la dirección que me dictó mi madre.

—¿Es la casa? —le había preguntado.

—No sé. Es donde lo velan.

No es la casa ni una sala velatoria. Es un salón vecinal que se usa para lo que haga falta. Casamientos, cumpleaños, bautismos, velorios. Los grandes acontecimientos del barrio transcurren allí.

Apenas entro, la mujer de mi tío viene a mí. Como si me esperase. Como si contase con que vendría.

Me abraza fuerte, como aquella vez, hace cuatro años. Pero ahora —y ahora comprendo realmente— no va a decirme algo tan hermoso como que soy la luz de los ojos de su marido. Seguramente ahora debería decirle yo algo hermoso y confortante. Pero no puedo decir nada.

Me lleva de la mano, como a una criatura, hasta el cajón.

Hay que decir que quienes arreglaron el cuerpo hicieron un buen trabajo. La herida resplandece, bien oculta como el anillo de una torta de boda, entre el chantilly de tules. Todos sabemos que está ahí, pero no podemos adivinar dónde exactamente.

Es Denis, pienso. Y es Denis y no es. Es un rostro ligeramente familiar. Los párpados, delgados crespones, caen sobre los ojos de mi tío. Me apagan.

El olor a eucalipto verde del féretro flota en la

sala. El cajón es barato, de tablas mal clavadas, sin lijar. Se lo dieron en el municipio.

—No podía pagar uno —me dice Gloria, como disculpándose—. Fue todo tan de repente.

En su lugar estaría furiosa. Pienso que la rabia contra Denis por haberlas abandonado vendrá después, cuando se afloje. Y enseguida pienso que tal vez no haya tiempo ni lugar para la bronca. Que la resignación habrá comenzado su lento trabajo en el mismo momento en que abrió la puerta de su casa y encontró la silla caída, el cuerpo caído, la mancha en la pared.

A la noche, el gran salón está sólo iluminado con la luz de las velas de la capilla ardiente. Sentada en una silla de plástico, incómoda, miro el techo. El cielo raso está lleno de chinches. Van quedando de cuando se cuelgan globos y adornos de papel. La luz de las velas choca contra las cabecitas doradas causando el efecto de un pequeño ciclo de estrellas brillantes mientras afuera, en el patio, garúa y se nota en los faroles desperdigados por el parque que, cuando hay buen tiempo, se usa de pista bailable.

Gloria me había dicho hace un rato:

—Teníamos fecha reservada en el salón para hacer el cumpleaños de la nena más grande.

Cumple quince en un par de meses. El vestido comprado, flamante en su estuche de nylon, colgado en el ropero. El salón reservado.

—Ahora se nos van todos los ahorros —dijo.

Las nenas están desconsoladas. Las dos son rubias y tienen los ojos claros del padre. Una tiene trece y la otra casi quince. Deberían estar en este salón, una noche como esta, abrazándose al chico que les gusta, bajo la bola de espejos que ponen cuando hay un baile. No las conozco. Pero por esos brazos pálidos que tienen nos corre una parte de la misma sangre.

Denis, ¿qué te pasó por la cabeza justo antes de ensartar esos pensamientos en la bala?

En una mañana plomiza, amenazante de lluvia, el entierro es rápido, expeditivo. Siempre es así con los entierros de los pobres. En esta fosa de greda no podrían crecer los helechos.

Del cementerio nos vamos a la casa que ahora es de Gloria y de las chicas. Visito la casa de mi tío cuando ya no es más su casa.

Entro con ellas a la casa ahora vacía para siempre de Denis.

Las chicas van directo al dormitorio. Están desesperadas y exhaustas.

Algún comedido lavó la pared, pero habrá que pintar para que la mancha desaparezca totalmente.

Me siento a la mesa cubierta con un mantel gastado. Gloria hace café.

Le pregunto si puedo fumar y me dice que sí siempre y cuando le convide. Se ríe.

—Antes fumaba como escuerzo, ¿te acordás? —me dice como si hubiésemos compartido una vida—. Dejé hace tiempo. De vez en cuando le robo una pitada a Denis.

El café está caliente y bien cargado.

Ahora que pienso, la primera cosa que le echo al estómago en veinticuatro horas.

Las fotos del hijo

Es invierno y es de noche aunque apenas dieron las seis y cuarto. La vieja entró hace un momento, se quitó el abrigo sacudiéndolo para limpiarlo de las finísimas agujas de hielo, el abrigo mismo pareció sacudirse como el lomo de un enorme perro negro mojado, y el viejo, sentado frente al fuego, hizo con la mano un gesto de fastidio, gruñendo como si él también fuese un perro, pero viejo, de pocas pulgas.

Si el hijo no se hubiese marchado. La anciana no puede pensar en otra cosa desde hace años, desde el mismo día en que el muchacho se fue, desde ese mismo día unas pocas horas después de la partida. O si su hijo hubiese vuelto. O si las hijas hubiesen nacido varones. O si hubiesen traído y criado como suyo al hijo de alguna de las hijas solteras de sus vecinos o al hijo de cualquier otra muchacha. O si. Pero los hijos tarde o temprano se marchan.

Mientras él mira el fuego como si no hubiese nada más que ver a su alrededor y fuma un cigarrillo armando otro y tose y carraspea y escupe entre las cenizas del borde, ella se mete en la pieza y saca del ropero una caja de zapatos y se sienta en la cama y la abre y toma una pila de polaroids.

En las fotos está su muchacho sonriente, con el cabello un poco largo hacia la nuca como le gusta usarlo, más rubio, del color de la paja por las largas jornadas al sol de Formosa. Hay un río detrás de él y más atrás una costra verde. En una de sus cartas le explicó que esa línea oscura es Paraguay, Alberdi precisamente. Un pueblo de contrabandistas, decía, y a ella el corazón le había dado un vuelco adentro del pecho. ¿Y si su hijo anduviese en algo raro? Pero no. Su hijo se había ido a trabajar con Guiffre, a trabajar los campos que Guiffre tenía allá. Cuando su hijo vivía acá también era empleado suyo. Al principio, Guiffre pasaba a visitarlos y traer noticias de Formosa, cartas y dinero. Ya iban para tres años sin que se diera una vuelta. Ella había escuchado por ahí que se había mudado allá con su familia.

En otra foto, el chico aparecía abrazado a dos muchachas muy jóvenes, casi niñas. Había una mesa sin mantel, con restos de comida en los platos y botellas de vino. Ellos tres sostenían vasos llenos de vino, apuntando hacia la cámara, como en un brindis. Era un día luminoso, el hijo estaba en cueros y las mujeres con vestidos livianos, cubriéndoles apenas los pechos. Son mis novias, bromeaba en la carta, porque acá está permitido tener más de una y nadie se ofende. A ella le había causado gracia y se lo había comentado al marido —que nunca leía las cartas— y él había dicho con rabia tu hijo no pierde las mañas se ve y ella, también con rabia, le contestó que qué culpa tenía el muchacho si todas se le ofrecían. Y con más rabia pensó que con qué derecho hablaba así de su niño, que si creía que por vieja se le había olvidado el asunto aquel con la madre de Guiffre.

Tanto calor en Formosa y tanto frío acá, pensó con un temblor. Tenía los pies húmedos de rocío y el viento aullaba entre los paraísos del patio como un animal en época de celo. Cuando se quitó los zapatos vio que había pisado mierda en los corrales mientras encerraba las vacas. El marido andaba mal de los pulmones y en invierno tenía que quedarse adentro, junto al fuego. Si el hijo.

Arriba del massey ferguson naranja, el hijo, con un sombrero de tela y ala ancha que le ensombrecía el rostro, descansaba el brazo desnudo sobre el volante y tenía un cigarrillo en la mano. No sonreía. La cámara lo había captado desprevenido. Al costado, fuera de foco, dos muchachos posaban abrazados.

Cuando Guiffre vaya para allá, contaba en una carta, les voy a mandar una máquina de estas que sacan la foto y la podés ver enseguida, se maneja fácil, Guiffre te va a explicar, apuntás, disparás y la foto sale por abajo, la sacudís un ratito y ya podés verla. (A ella le costaba creer que algo así se hubiese inventado.) Así vos y el viejo se sacan fotos, decía, y me las mandan y puedo verlos. Esto también se lo había comentado al marido y él no le contestó nada. Pero la máquina no llegó nunca.

Vino Guiffre y trajo un acordeón a piano, nuevo, verde niquelado. Desplegado al sol parecía una serpiente de esas grandes, de agua, que el hijo le contó había por allá pero que no se preocupara que no eran venenosas. Cuanto más chica es la víbora más dañina, le explicó. Para que papá toque chamamé, decía la tarjetita. Pero el viejo, inconmovible, se lo dio a una de las hijas, que también lo recibió con indiferencia.

Unos meses después —ahora que lo pensaba, la última vez— pasó Guiffre y le pidió el acordeón. Dijo que el muchacho lo necesitaba. También dijo que no traía carta porque había viajado de golpe y no había tenido tiempo de escribirles, pero que estaba bien y mandaba saludos. No quiso sentarse ni esperar al viejo para tomar un vermut con él como siempre.

A ella le parecía que el marido lo quería más a Guiffre que a su propio hijo. La enfurecía oírlo hablar con orgullo de Guiffre como si fuese de su familia. Como si Guiffre.

Le entregó el acordeón que ni el viejo ni la hija habían tocado ni sacado del estuche aunque más no fuera por curiosidad. Le dio lástima que se lo llevara, pero también le daba lástima que estuviese guardado sin que nadie le sacara un poco de música.

Otra foto le devolvió al chico con barba, una camisa floreada, las manos en los bolsillos del jean y un loro en el hombro. Estaba parado en una calle barrosa y el día estaba nublado como si recién acabase de llover o estuviera por empezar. Llovía mucho, contaba la carta, y peligraba la cosecha. No decía nada del acordeón.

Poco después oyó decir que a Guiffre lo había

fundido la inundación y que para colmo la mujer se había escapado con otro y le había dejado los hijos.

Escuchó al marido llamarla desde la cocina. Le dijo que tenía hambre y preguntó si quedaba vino. Ella puso la olla arriba del fuego colgándola de un gancho que estaba para eso y le agregó un poco de agua antes de taparla. Desde que estaban los dos solos, cocinaba bastante al mediodía y después cenaban las sobras. En verano no se podía porque la comida se echaba a perder. Después le sirvió el vino y le avisó que era el último jarro, que le hiciera acordar al otro día que comprara otra damajuana y volvió a la pieza.

En la última foto su hijo abrazaba a una mujer de cabello largo, acurrucada contra su pecho. Aparentemente había viento pues el pelo de ella le cubría casi todo el rostro. De nuevo, el río de fondo aunque muchísimo más ancho y oscuro, como desbordado. En la carta le decía que estaba en Paraguay y que pensaba casarse allá con la chica de la foto, que un día de estos los dos iban a ir a visitarla. De Guiffre no decía nada, pero si era verdad que estaba fundido ya no trabajaría para él. Era también la última carta fechada dos años atrás.

Ella y el viejo comieron en silencio, junto al fuego, con los platos sobre la falda. Estaban terminando cuando escuchó golpes en la puerta. En su apuro por abrir, pateó el vaso con vino que el marido había dejado en el piso.

Antes de tirar del picaporte, tomó aliento y pensó si no se vería demasiado vieja, si no tendría que arreglarse un poco, y enseguida pensó que de todos modos estaba oscuro, que ya tendría tiempo mañana, que tenía que abrir porque afuera hacía demasiado frío y ellos estarían cansados por el viaje.

Entonces abrió la puerta y se topó con la noche espesa, helada y solitaria. Una rama desguasada por el viento rodaba en el patio.

El desapego es nuestra manera de querernos

Su esposa se puso de pie y empezó a recoger la mesa. Él puso en fila sobre el mantel las miguitas del pan. Cuando ella echaba los primeros platos al lavadero, a sus espaldas, él dijo:

—Se murió Denis.

El entrechocar de la loza se detuvo. (¿Sería así si congeláramos el instante en que la rueda de platos de un malabarista forma su círculo perfecto en el aire? ¿Será así el silencio de la loza?) Ella abrió la canilla de agua caliente y enseguida la de agua fría. La escuchó calzarse los guantes de goma.

—¿Denis? —preguntó.

—Denis mi hermano —dijo él, con un ligero fastidio como si la mujer acabase de preguntarle una estupidez.

Entonces sí los movimientos cesaron detrás de él. Ella sintió un frío en el estómago, una línea helada que puso a un lado los tallarines con tuco y al otro los orejones de durazno del almuerzo. En vez de cerrar los grifos, se agarró de ellos: involuntariamente los abrió al máximo y el agua salió borboteando y haciendo espuma sobre los restos de comida. Los cerró de inmediato. También sintió que se le aflojaban las piernas como si los huesos que las mantenían armadas se hubiesen disuelto de golpe. Se sentó a la mesa justo cuando su esposo encendía tranquilamente un cigarrillo. Era lo que hacía siempre después de comer. Los guantes naranjas empapados formaron un charquito encima del mantel.

Lo miró fijamente. Estaba pasmada por la noticia, pero también estaba furiosa. Él había llegado del trabajo hacía casi una hora. Le dio un beso distraído en la mejilla. Mientras ella sacaba el manojo de fideos secos del paquete y los partía a la mitad y los metía al agua, encendió el televisor y se sentó en su sitio. Si mal no recordaba comentaron algo de las noticias. Luego comieron, él repitió media porción con abundante pan y queso rallado, pero rechazó el postre. Y en todo ese tiempo no fue capaz de decirle que Denis estaba muerto. ¿Qué mierda le pasaba a este hombre?

Él pensó ¿por qué me mira de ese modo? Como si yo tuviese la culpa de que el otro esté muerto.

Ella tragó saliva y se sacó un guante para pasarse el dorso de la mano por los ojos: las lágrimas le nublaban la vista. Encendió un cigarrillo, aunque hacía un par de años lo había dejado gracias a un largo tratamiento con parches.

—¿Cómo…? —preguntó. En realidad, hubiese querido decir "cuándo te enteraste" o "cómo no me lo dijiste antes".

—No se sabe todavía. Hablé con el cuñado de ella, el marido de la hermana que vive en San José.

Él me llamó al trabajo. Ella lo encontró muerto, con un tiro en la cabeza. Parece que se lo pegó él mismo, pero se lo llevaron para hacerle una autopsia. También pudieron haberlo matado. No sé. No le entendí bien. Él tampoco sabe mucho del asunto. Pero fue hoy a la mañana, entre que ella se fue a llevar a las nenas a la escuela y volvió.

Ahora su esposa no sólo lo miraba con reproche sino con un destello de enojo. ¿Qué pretendía que le contase? No sabía más que lo que terminaba de decirle.

—¿Volviste a fumar? —preguntó—. Acordate de lo que te costó dejarlo.

Tuvo ganas de golpearlo. O tal vez de clavarle un tenedor en el brazo como aquella vez, hacía más de veinte años, cuando recién se habían casado y él amagó ponerle una mano encima. Ella había sido más rápida y le había enterrado el tenedor en el brazo. ¿Por qué discutían? Ya no lo recordaba. Alguna pavada de recién casados. La sangre salía de los cuatro agujeritos, espesa y oscura. Se había asustado y enseguida se arrepintió. Sin embargo, él nunca más intentó levantarle una mano.

Era verdad que le había costado mucho dejar el tabaco y que se sentía orgullosa de haberlo logrado. Empezaron el tratamiento juntos, pero él desistió de inmediato. Tal vez fumar este cigarrillo significaba una recaída. Tal vez era el primero de una interminable sucesión de atados. ¿Qué importancia tenía esto ahora?

Intentó imaginarlo a Denis con su flamante herida en la cabeza, aterciopelada y roja como una flor; desnudo sobre la mesada de acero inoxidable de la morgue, viviseccionado por un forense, abierto como un pájaro en la mesa de trabajo de un taxidermista.

Denis se había fugado con la esposa de Rubén, su mejor amigo, hacía quince años. Aunque los dos eran personas adultas, eligieron esa manera adolescente de ejecutar sus planes. Él escribió una larga carta a los mellizos recién nacidos, hijos de su hermana menor, pidiéndoles perdón porque no los vería crecer, por abandonarlos como antes los había abandonado el padre. Una carta plagada de ambigüedades y frases sensibleras que ocultaban la verdadera razón de su partida como si su autor se regodeara en el secreto o quisiera mantenerlo a salvo, o mantener a salvo a los pequeños de las acciones de los grandes. En todo caso no era una carta para ellos. Tal vez ni siquiera para la familia. Más bien una carta para él, para Denis, escrita un tiempo antes quizás dándose valor para dejar todo atrás: el campo, la casa de sus padres, sus padres, los mellizos, su amigo del alma. Un secreto que, de todos modos, se develaría de inmediato: si en una población de menos de cien habitantes dos desaparecen el mismo día, no es difícil imaginar que se marcharon juntos. Cuando Rubén vino con la noticia de la cosa terrible que acababa de ocurrir en su hogar, seguramente buscando el apoyo y el consuelo de su amigo, los padres de Denis tuvieron que admitir que su hijo también se había largado y cargar con la vergüenza. Denis no sólo le había robado la mujer a su amigo, también les había robado la madre a tres niños. Pasó casi un año sin que supieran de los prófugos. Después los familiares de ella empezaron con el tráfico de noticias. Estaban juntos. Tenían una hija. Vivían en algún lugar del conurbano bonaerense. La estaban pasando mal, pero confiaban en que las cosas mejorarían. Ella extrañaba mucho a sus otros hijos y un par de veces pensó en volver, suplicar el perdón de su marido. Pero no tenía caso que volviese: Rubén había jurado matarlos y parecía hablar en serio. Cada cinco o seis meses, una pequeña noticia, recogida en el pueblo por algún vecino, era transmitida a la madre.

La madre sufría como sólo una madre puede sufrir; como sufriría la otra madre, la madre joven que se había fugado con su amante dejando atrás a sus tres niñitos. Pero la madre sexagenaria no podía entenderla: aunque el sufrimiento de las dos era similar, tal vez idéntico, ella pensaba que sufría más y culpaba a la mujer joven por su dolor. Esa puta le había arrancado a su hijo, su favorito, al que siempre quiso más que a los otros. Puta, mascullaba la madre retorciendo un pañuelito blanco entre las manos. Puta, y se le encendían las mejillas con la piel irritada por tanto llanto vertido en esos días. Había dejado de comer, o comía poco y nada; nada para una mujer que siempre había sido tan glotona, que gustaba atracarse de comida como una niña. La madre siempre fue como una niña: medio lenta de la cabeza, caprichosa, regalona. Nunca aprendió a hacer ninguna tarea hogareña: el marido se ocupó de todo hasta que las dos hijas mujeres fueron más grandecitas y lo relevaron en los trabajos de la casa. La madre peleaba con las chicas y con el otro varón como si fuese una criatura más. En cambio con Denis se entendían de lo más bien, parecían cómplices, ella lo apañaba y mediaba entre su marido y él para que los castigos recayeran en los otros hijos. De no haber sido su hijo, a la madre le hubiese gustado escaparse con él, abandonar al marido y a los otros hijos y escaparse con él. Ella, a diferencia de la otra, no se hubiese arrepentido nunca, ni por un segundo; no hubiese echado de menos a nadie si estaba con él. Hubiese afrontado con alegría y entereza cualquier dificultad junto a su muchacho: con él se hubiese convertido, finalmente, en una mujer hecha y derecha.

—Hace tantos años que no lo vemos —dijo el esposo poniéndose de pie. ¿Pensaría dormir la siesta? No, sólo se paró para sacudirse unas migas del pantalón y enseguida volvió a sentarse. Sacó un cigarrillo del atado y se lo alargó a ella que lo tomó sin pensarlo, en un gesto antiguo, repentinamente recuperado.

—Acordate cuando se fue al Norte. ¿Cuánto tiempo estuvimos sin saber nada de él? Tres o cuatro años sin saber si estaba vivo o estaba muerto. Y si no hubiese sido porque lo corrieron las inundaciones, vaya a saber cuánto tiempo más habría pasado. Él siempre fue así.

—Pero ahora no va a volver —dijo ella pausadamente. El esposo hizo un gesto: abrió los brazos con las palmas levemente vueltas hacia arriba y estiró la cabeza hacia adelante como una tortuga. Parecía decir: quién puede saberlo.

Ella volvió otra vez su pensamiento al muerto. Podía imaginarse el cuerpo en la morgue. En una morgue también imaginada, demasiado parecida a las morgues de las películas norteamericanas. ¿Cómo sería una morgue del conurbano bonaerense? Probablemente menos acogedora que las de las series forenses que tanto le gustaban. En cualquier caso una morgue nunca podía resultar acogedora. ¿En qué estaba pensando? Su esposo tenía razón: hacía tantos años que no veía a su cuñado que casi no recordaba su rostro. Se le mezclaba el del muchacho que había sido su padrino de boda, un Denis adolescente, pelilargo, con pantalones piel de durazno y botamangas anchas; con el del Denis un poco más maduro recién llegado del Norte, con el pelo todavía largo, barbudo, harapiento. Cuando le abrió la puerta no lo reconoció. Pensó que era un vagabundo, uno de esos tipos que se lanzan a los caminos y viven así, durmiendo en cualquier sitio, comiendo y vistiéndose de la caridad ajena. No la sorprendió ni se asustó. Sobre todo en verano, era frecuente que algún trotamundos apareciese en el pueblo. Por lo general eran hombres inofensivos, que se acercaban a las casas a pedir un vaso de agua fresca, un pedazo de pan; algunos hacían pequeños trabajos de jardinería por poca plata, se quedaban unos días, deambulando, durmiendo en la plaza, y después desaparecían. Entonces él se había reído: ¿No me reconocés, cuñada?, había dicho adelantando el cuerpo con la intención de abrazarla. Instintivamente, ella había dado un paso para atrás, retrayéndose en la penumbra fresca de la sala. Se había sentido turbada, quizás avergonzada de haber rechazado el abrazo. Había sonreído. Había dicho: pero qué sorpresa, pasá, pasá.

Él olía muy mal. Vaya a saber cuántas semanas hacía que no se bañaba. Sin embargo no parecía incómodo, no parecía molestarle la camisa empapada pegada al torso, ni los vaqueros grasientos, ni las alpargatas rotas por donde asomaban las uñas sucias del dedo gordo. Le pidió un vaso de agua y un cigarrillo. Ella también prendió uno y después le preguntó si quería una cerveza. Él dijo que sí y ella se alegró pues la necesitaba. Denis le contó su viaje. Le contó sobre las inundaciones: las lampalaguas brillantes bajando de Brasil, gruesas como el muslo de un hombre y de más de un metro de largo; las islas de camalotes con su cargamento de monos aulladores; los techos de los ranchos flotando en el agua y el barro, con algún perro encima, tieso, mirando lejos, serio como un pequeño capitán de cuatro patas.

Si cubría el rostro de sangre, ya no una delicada flor en la sien, sino un sudario rojo, entonces sí podía ser Denis y podía ser cualquiera.

Su esposo no parecía contento de ver al hermano. Por supuesto, estaba sorprendido, él tampoco lo reconoció enseguida. Pero después tampoco parecía contento. Había intentado justificarse con una broma: Bueno, uno llega del trabajo y encuentra a su mujer tomando cerveza con un desconocido: cuesta reponerse del susto. Los tres habían sonreído; Denis hasta soltó una carcajada, tal vez por agradar a su hermano, el chiste no era realmente gracioso.

Cuando se fueron a acostar ella le había preguntado si estaba alegre de volver a verlo. Él se había encogido de hombros.

—Está bien que haya aparecido —dijo por fin—: los viejos se van a poner contentos; tantos años sin saber nada.

—Pero vos ¿estás contento?

Él la había mirado. Qué manía que tenía su mujer de darle lecciones acerca del amor filial, fraternal, etcétera.

—Claro —dijo, sin saber si era verdad—. Claro. Vos sabés, nosotros somos desapegados, pero en el fondo nos queremos.

En aquella ocasión, Denis se quedó alrededor de una semana con ellos. Todos los días aplazaba su regreso al campo, a la casa de sus padres, aunque sabía lo preocupados que estaban, lo mucho que lo echaban de menos, sobre todo la madre. No tenía ninguna prisa. Su hermano empezó a impacientarse. Lo irritaba volver del trabajo y encontrarlo sentado en la sala, leyendo revistas, fumando. Estaba harto de sus anécdotas sobre la inundación, sobre Formosa y Paraguay y la cosecha y sus incursiones en el contrabando. Su mujer, en cambio, estaba contenta por su regreso. Ella siempre se había llevado bien con su familia, mejor que él; su familia la quería a ella más que a él, le parecía a veces.

—¿Por qué lo haría? —preguntó ella de repente. Se había quitado el otro guante y lo tenía agarrado en el puño por la mitad. Los dedos del guante parecían la cresta de un gallo—. Y con un arma. ¿De dónde la sacó?

Era cierto lo que decía. Si hubiese seguido en el campo, de seguro se habría ahorcado.

—Vaya a saber —dijo. Aunque nunca tomaba alcohol durante el día, se paró y buscó algo. Necesitaba beber algo. Encontró una cerveza abierta en la heladera, la sacudió para ver si todavía tenía gas. Tenía. Sirvió un par de vasos bien desde arriba: una espuma muy tenue, como huevos de rana, se formó en la superficie.

—Vaya a saber —repitió tras tomar un trago—. Hace quince años que no lo vemos. Vaya a saber qué pasó por su cabeza.

—Una bala —dijo ella y se rio del chiste fácil. Una risa hueca, negra. Se le notaban las ganas de llorar.

Por fin Denis se fue. No tuvo otra opción. Una camioneta de la empresa donde trabajaba el hermano iba para la Colonia; lo dejaba en la puerta de su casa. La madre por poco se muere cuando lo vio. Parecía una novia, la madre, de tan radiante. Las hermanas también estaban contentas. La mayor un poco menos: después de todo ella estuvo todos esos años ahí, consolando a la madre, soportando los humores del padre. Ella estuvo todos esos años ahí, sin poder moverse ni ver mundo, y a falta de ofertas se había resignado a noviar con un vecino, estaba a punto de casarse, la caja de la ilusión repleta, imposible volverse atrás, los muebles pagados, la prefabricada pagada, la boda prevista para el mes entrante. Y justo ahora al hermano se le ocurría volver. Justo ahora la dejaba libre, cuando ya estaba cazada. No era justo.

Y la vuelta del hijo, encima, opacaba su evento o le agregaba un brillo que no era el suyo; una fiesta anticipada que dejaría a los convidados ya un poco hartos de alegría para cuando su fiesta tuviera lugar. No era justo. El padre estaba más dichoso de lo que demostraba: él era así.

Hacia la noche, la noticia de la vuelta de Denis se había desperdigado por las pocas casas de la Colonia. Y llegó Rubén, el amigo de la infancia, el mejor amigo, acompañado de su esposa.

Denis y Gloria se conocían desde que Gloria y Rubén eran novios. Él la había visto vestida de blanco el día del casamiento, preñada dos veces, le había visto un pecho por vez siempre que le daba de comer a sus nenes. Ahora tenían un tercero, recién nacido.

—¿Te acordás cuando le mandó de regalo el acordeón a piano a tu hermana? Al tiempo le pidió que se lo mandara de vuelta. Ella se puso furiosa, pero se lo devolvió. Al fin y al cabo nunca había aprendido a tocarlo. Era un acordeón hermoso. Era una pena que nadie le sacase música.

Realmente era una pena el acordeón guardado en su caja como una serpiente enroscada.

¿Por qué lo haría? ¿Qué había pasado con él en estos años? ¿Qué había pasado en todos estos años? Si uno lo pensaba bien, era espantoso lo que estaba sucediendo. Y al mismo tiempo, parecía que le estaba sucediendo a otro.

El viudo

Ahora la madre y el hijo están muertos y el padre viudo. No sabe que ya no tiene hijo. Sabe que es viudo o lo supo, mejor dicho, un rato después de que sus hijas, vivas, se lo dijeran.

—Mamá está muerta.

Después, al otro día o a la hora siguiente, se le olvidó.

Alguna tarde pregunta por ella. Se sienta en el fondo de la casa donde antes tenía una huerta y ahora sólo hay yuyos y algunas gallinas que esconden los huevos en el pasto. Se sienta en un banco pequeño, de madera, que siempre usa, que lleva de un lado para el otro, adonde se le antoje sentarse, mira hacia el fondo de su casa y al fondo de la casa que está del otro lado y conecta con el suyo, mira hacia allí que es como mirar nada, a lo sumo las sábanas que cuelgan del tendedero de la vecina y se mecen con el viento si hay viento, si no están quietas, duras por el sol que les dio todo el día y el almidón casero que la vecina les aplica cuando las lava. Apisona el tabaco de su pipa con un pulgar, la cabeza ladeada porque ve de un solo ojo. Tuvo un accidente hace más de veinte años y quedó medio tuerto al principio; ahora, de viejo, del todo.

Pregunta.

—¿Dónde está mamá?

Si alguna de las hijas o de los nietos acierta a pasar por su lado cuando hace la pregunta, le responde con fastidio.

—Pero otra vez con eso. Si ya te dijimos. Ya sabés. No te hagás el tonto.

No quieren tener que decirlo de nuevo. ¿Y si esta vez no se lo tomara con tanta calma? ¿Si se le diera por no resignarse? Bastantes problemas tienen ya.

La que vive con él, la menor, está hasta acá de problemas. Ahora con la madre muerta uno menos, pero casi no se nota. El hijo mellizo, el varón, enfermo. Siempre fue un chico de mal carácter y ahora se pone peor. Dos por tres le arroja la comida de la dieta por la cara. No se cuida. No sigue el tratamiento. No se hace los análisis. La fístula del brazo empieza a tomar color feo. Roba puñaditos de sal de la alacena y se esconde en el baño a comerlos como si fuesen golosina. Ella se acuerda patente de lo que pasó con la Normi, la hermana de sus amigas, que era muy amiga de su hermana mayor. Los últimos meses de la Normi fueron espantosos. Estaba flaca como una piola y verdosa. Lamía los vasos vacíos tratando de sacarles una gota olvidada. No quiere verlo a su hijo así. Pero qué puede hacer. No es una criatura, tiene veinte años. Y todavía falta lo peor. El médico le ha hablado de las largas listas de espera para el trasplante. Le ha dicho que mientras esperan el órgano tendrán que enchufarlo a una máquina, dos o tres veces por semana, una máquina que tiene una manguera que entra por el brazo, ahí donde le pusieron la fístula, y lava la sangre. No termina de entender cómo funciona eso. El doctor le dijo que se llama diálisis. Diálisis. Fístula. Dos palabras difíciles. También le ha dicho el especialista que el cuerpo puede rechazar el órgano, que es algo que ocurre con bastante frecuencia, y hay que empezar todo de cero. Y que aun si el trasplante es exitoso, su hijo nunca tendrá una vida normal. También le dijeron, no el médico, es algo que oyó por ahí, así que no sabe si creerlo, que a los trasplantados les salen pelos negros por todo el cuerpo.

A veces el padre se pone insistente, no se conforma con las evasivas.

Repite.

—Pero ¿dónde está mamá? Decís que ya me dijiste, que ya sé. Pero yo no me acuerdo. Hablá más fuerte no ves que no oigo bien. ¿Dónde está?

Entonces le mienten que sigue en el geriátrico donde pasó poco más de un mes antes de morirse.

—Está del Alejandro. En el asilo. No te acordás que la llevamos.

—Condenada mujer, venir a dejarme a esta altura —dice rabioso.

Otras veces, acaricia el lomo de su perro que lo sigue a todos lados.

Dice.

—No te me vas a morir vos también, Negrito.

Como que sabe o se acuerda de a ratos.

La hija mayor no es que tenga problemas, pero se desentiende. Ella enterró un marido y ahora tiene otro que se llama igual que el difunto. Esas casualidades. Está ocupada llevando adelante su nueva vida conyugal. Se da una vuelta todos los días, pero más para vigilar a la hermana que para ver al padre. Después de todo, dice, ellos están viviendo bajo el mismo techo, lo menos que pueden hacer es ocuparse.

—¿Comió? ¿Lo bañaste? ¿Tomó los remedios? ¿Preguntó por ella?

—Hoy sí preguntó.

—¿Y qué le dijiste?

—Nada. Que está en el asilo.

—Ni se te ocurra decirle lo otro. No sea que le agarre un ataque y haya que salir de rompe y raje al hospital. Para qué lo vamos a preocupar si total enseguida se olvida.

A la mayor le gusta esconder los muertos bajo la alfombra. Ya lo escondió al hermano, el que se voló la tapa de los sesos hace unos años, lo escondió tan bien que la madre se murió sin enterarse.

—¿No lo ves triste al Negrito vos?

—Por ahí la extraña a mamá.

—No creo. Si ese perro nunca la quiso.

Cuando la vecina recoge la ropa del tendedero, le libera el panorama. Si mueve su banquito hasta un extremo del patio, puede ver la puesta de sol, el día cayendo sobre los terrenos baldíos. En esa parte del pueblo, casi en las afueras para el lado de Villaguay, todavía quedan muchos sitios sin lotear. Eso que se ha construido mucho desde que ellos vendieron el campo y compraron acá.

Por suerte empieza el verano. Le gusta el verano. Estar sentado afuera todo el día, mirando con el único ojo que todavía le sirve. Con un solo ojo le alcanza, no hay tanto para ver: algunos niños que salen a cazar bichitos a la noche; algún auto moderno, de gente de afuera que viene por las termas y pasa por la calle de tierra porque se perdió o por conocer; alguna forma escurridiza que no distingue y que mueve los yuyos del fondo a su paso y el Negrito ladra enfurecido, una víbora o un cuis, vaya a saber.

Menos mal que empieza el verano. El invierno es triste, acá como en el campo.

El viaje

Nunca había salido de la provincia ni ido más lejos que 60 kilómetros a la redonda hasta los pueblos vecinos, a los bailes, de soltera; al hospital de Colón a parir a los mellizos, también de soltera. Nunca había puesto un pie en la ruta 14, famosa por sus accidentes automovilísticos. La ruta de la muerte, como la llaman. Nunca hasta esta noche.

En el asiento de adelante van el chofer del remís y su medio hermano. Atrás, con ella, la cuñada y el concuñado de su hermano entero, el que van a enterrar en pocas horas.

La ruta es una boca de lobo. El pavimento negro, brillante por la garúa. De a ratos los pasa algún coche moderno y veloz que enseguida desaparece en la negrura. O un camión brasilero, una mole silenciosa llena de lucecitas de colores que, al cabo, también se pierde en la noche. El remís es un modelo viejo que a duras penas alcanza los 70 kilómetros por hora. Por eso mismo el tipo les hizo precio. Nadie que no esté desesperado tomaría un auto así para un viaje tan largo. No tiene calefacción y el viento se cuela por las junturas de las puertas. Los asientos están rotos. Ella va prácticamente sentada sobre los resortes y hace rato que no siente las nalgas. Ni los pies. Ni el resto del cuerpo. Sólo su cabeza parece estar viva y despierta.

Adelante ve la nuca de su hermano y el parabrisas mojado, iluminado por la luz lechosa de los faros. La radio está encendida, pero a cierta altura se perdió la onda y de vez en cuando sólo se escuchan algunos chasquidos. A su lado, la pareja de cuñados duerme, la mujer con la cabeza sobre el hombro del marido que le rodea el cuerpo con un brazo.

Ella no puede pegar un ojo. Lloró mucho hasta que se metieron en el auto. Siente el tremendo cansancio del llanto. Un cansancio demoledor que, sin embargo, le impide conciliar el sueño. Tiene la vista seca. Piensa en los ojos de los pescados que llevan más de un día muertos. Secos y hundidos, así deben verse sus ojos ahora. Así los siente, opacos.

Aunque sabe que es una locura, no puede apartar de su cabeza la idea de que todo esto no es más que una tremenda confusión, de que no puede estar pasándoles esto. Llegarán a Florencio Varela y todo se aclarará. El muerto no será su hermano, sino otro con el mismo nombre o un enorme parecido físico. Un error espantoso. Van a reírse todos. Va a reírse el hermano tal como lo recuerda y va a decir que no hay mal que por bien no venga, que gracias al equívoco logró reunir a parte de la familia. Lástima que los viejos y la hermana mayor no vinieron también. Sí, es una fantasía ridícula, claro, esas cosas sólo pasan en las películas. Está bien. Podría aceptar que el hermano esté muerto, pero no que haya sido así como dijeron, así no, ahí sí tiene que haber un error, no puede ser. Al hermano se lo mataron. Es así. Prefiere que sea así. Y lo mataron no porque haya andado por mal camino, porque haya tenido enemigos. Lo mataron porque sí, porque es así en Buenos Aires, porque esas cosas las ve todos los días en la televisión.

A esta hora sus padres ya estarán durmiendo completamente ajenos a la tragedia. ¿Cómo va a hacer para mirarlos a la cara cuando vuelva? Para que no se le note que ellos ya no tienen hijo y ella ya no tiene hermano.

La idea fue de la mayor. Ella dijo que no había que decirles nada, que son viejos y no soportarían la noticia. Lo dijo serena y decidida. Inconmovible como la madrugada en que se le murió el marido y fue a golpearle la ventana de su casa para avisarle. Con la misma férrea decisión con que un día le dijo que le deje a la melliza que ella se la iba a criar, que siga con su vida, que la nena se quedaba con ella. No se animó a contrariarla entonces y tampoco ahora. Aunque no sepa si están haciendo lo correcto.

El medio hermano no dijo nada. Como si no se sintiera con derecho a decidir sobre su padre ni sobre esa familia a medias que siempre tuvo. Está apenado, se nota. Ellos dos siempre han sido compinches porque él es bastante más grande y ella la hermanita menor. Juntos siempre ha sido todo risa. Y ahora, en la desgracia, se sienten desamparados, incapaces de sostener al otro, de verse los ojos arrasados por el llanto. Es que este hermano siempre fue bastante inmaduro y por eso se entienden, porque ella también. Nada que ver con la mayor que siempre tuvo las riendas de su vida, mayor claridad, conducta. Ellos dos no y el otro hermano tampoco. Ellos siempre fueron para donde los llevó el viento, unos tiros al aire.

Por eso no cree lo que dijeron. Volarse la cabeza. No se lo cree.

De golpe, la radio agarra una emisora y una canción sale repentina por el aparato, sobresaltándolos a todos. El chofer pide disculpas y baja el volumen hasta que casi no se escucha nada. Pero ella conoce la canción, es una de sus favoritas, una vieja, de la época en que no se perdía un solo baile, y la canta sin abrir la boca, para adentro.

A lo lejos distingue unas luces.

—¿Qué son aquellas luces? —pregunta en voz baja inclinándose hacia adelante hasta casi rozar la oreja del remisero.

—Empieza la autopista, gracias a dios, manejar en la ruta con esta llovizna y a esta hora no me gusta nada, es muy peligroso. La autopista es otra cosa, ya va a ver.

—¿Llegamos?

—No, pero falta menos.

El tipo tiene razón. La autopista es otra cosa. Ahora el auto se desliza suavemente sobre el pavimento liso como seda. Se recuesta en el asiento y mira las luces que van pasando y las cuenta como si fuesen ovejas luminosas, voladoras.

El secreto

Cuando enterró a la madre sintió un gran alivio. Se había ido de este mundo sin saber, sin sospechar, que su hijo estaba muerto. Había sido agotador guardar el secreto todos estos años. El padre seguía vivo, es cierto, pero así como estaba, con la mente ida, no podía recordar si tenía hijos ni cuántos. Aunque su hermana insistiera con que a ellas sí las reconocía, no era verdad. Las veía a diario y por ello sus rostros le resultaban familiares, pero no sabía que eran sus hijas, ni sus nombres, nada.

La madre, pequeña como era, 1 metro 40, quedaba un poco perdida en el ataúd y hubo que poner más vuelos de tul para rellenar. Sin anteojos, bien maquillada, con el rostro sereno, parecía una muñeca embalada en su caja de fábrica. Sí, la cara de su madre con los ojos pegados, daba la impresión de serenidad, las manos regordetas cruzadas sobre el pecho y las uñas cortitas, pintadas, graciosas. Mal pintadas. A la madre le encantaba pintarse, pero era desprolija y ya no tenía buen pulso. Pero era de andar siempre pintada, a su manera, así como podía, como una nena que imita a su mamá. La madre era como una criatura. La trataron toda la vida así. Los padres, los hermanos, el marido; después las hijas. Por eso nunca aprendió a darse vuelta sola.

No era religiosa su madre. Y ella tampoco. No es que fuese atea. Dios era algo en lo que creer o reventar. Una palabra de la que no sabía si esperar algo. Cuando se le murió el marido, los primeros días quiso buscar consuelo en dios, pero no encontró nada. Acompañó a las vecinas en la novena que organizaron para pedir por el alma de su esposo porque era lo que tenía que hacer, pero la verdad es que no veía la hora de que se terminaran esas nueve noches meta rezo cuando ella tenía tanto de qué ocuparse de ahí en adelante. Trámites, papeles, cosas concretas. Halló más amparo en las cuestiones prácticas que en dios y cuando quiso acordar había pasado medio año y ella tenía una vida nueva.

El caso es que no la preocupaba que en otra vida la madre estuviese encontrándose con el hijo y que desde ese mundo paralelo pudiese volver a reprocharle nada. Y si así fuera, si existe la vida después de la muerte, su madre debía estar en el Cielo, un sitio con las puertas cerradas a cal y canto para los suicidas. No había modo de que la madre y el hijo se encontrasen. La ignorancia asegurada eternamente.

Hace unos días hizo la prueba con el padre. Se animó a hacer ese movimiento sólo porque el médico ya le dijo que la cabeza de su padre es como un gran ojo de agua: refleja, pero no retiene nada.

Terminó de afeitarlo y le abrochó la camisa limpia. Mientras guardaba los enseres de aseo, preguntó como al pasar y en voz bien alta para asegurarse ser escuchada.

—¿Y Denis? ¿Hace mucho que no viene?

El viejo torció la cabeza buscando, con el único ojo, malo, casi inservible, el bulto de donde provenía la voz.

—Denis. Tu hijo —dijo ella—. ¿No te acordás?

La cara recién afeitada, limpia como la de un niño, tuvo la expresión ausente durante unos segundos, el tiempo que el viejo necesitó para encontrar el resto de orgullo de hombre, sacudirlo como se sacude una alfombra vieja, apolillada, dura de mugre, y responder.

—Denis. Sí, claro, pasó la otra vuelta. Anda bien —dijo y empezó a rascarse el dorso de la mano izquierda como hace cuando está nervioso. Hay que tenerle las uñas bien cortas porque si no se lastima.

—Dejá de rascarte.

No era religiosa, aunque tenía su foto después de tomar la primera comunión, con un vestidito blanco y un tocado de tul explotando sobre el flequillo renegrido. No está bien en la foto. No es fotogénica porque tiene estrabismo. En las fotos de infancia lo más lindo de ver son los ojos de los niños y los de ella están cruzados: el defecto y no la criatura es el protagonista. La foto la sacó Luis Raota. En ese tiempo sobrevivía haciendo sociales, yendo de iglesia en iglesia de la zona, retratando bautismos, comuniones, bodas, difuntos (todavía se usaba fotografiar a los muertos). Después se hizo famoso por sus fotos de estudio.

También tiene fotos de su casamiento. Por más que no sea religiosa, llegó virgen al matrimonio. Puede decir que está bien llevado el atuendo blanco y sencillo. De adolescente, haciendo cálculos, se dio cuenta de que su madre estaba embarazada de su hermano cuando se casó. La había escandalizado el descubrimiento, pero nunca le dijo nada. No se entendían la madre y ella. La madre no tenía ojos más que para el hermano.

Tampoco le gustan esas fotos. El marido, que era muy gringo, aparece en todas colorado, transpirado, desaliñado. Se nota que tiene unos tragos de más.

No perdió la virginidad esa noche, la de bodas, en el motel cerca de Colón adonde llegaron con el citroën cargado hasta las manijas con los petates de camping, arrastrando las latas que los sobrinos engancharon al parachoques trasero. Un sitio que el ingenuo del esposo tomó por un hotel de verdad, campestre, a la orilla de la ruta, pero que no era más que un hotelucho adonde va a revolcarse la gente que no está casada entre sí.

Él se durmió enseguida. Ella se quedó mirando el techo espejado. Por las rendijas de la persiana que no cerraba bien entraba el pestañeo violáceo del cartel de neón.

Fue recién a la noche siguiente, adentro de la carpa clavada en el camping del Viejo Molino, a orillas del arroyo Urquiza. Más de cien años antes, ahí mismo, se había librado una batalla histórica y la misma tierra que había absorbido la sangre de los federales se tragó para siempre la mácula de su soltería.

En el fondo, su hermana y su medio hermano nunca estuvieron del todo convencidos de guardar el secreto. Reunidos los tres en la casa de ella, con la noticia fresca quemando entre las manos, aguardaron a que dijera qué había que hacer. Dijo lo que pensaba. Que era mejor no decirles a sus padres que el hermano acababa de pegarse un tiro.

Los otros dos se revolvieron incómodos en los asientos. Dijeron, balbucearon algo así como que no sabían si era lo correcto, que a la larga estas cosas saltan y es peor, que no estaba bien, que no sé qué.

Pero ninguno de los dos se atrevía a poner la cara. Esperaban que fuese ella la portadora de la tragedia.

Que hicieran lo que quisieran, les dijo. Para ella lo mejor era que no supieran. Que cuánto hace que Denis no pinta por acá. Dos años casi, desde que papá estuvo internado. Decirles para qué. Para que se enfermen. Después es ella la que lidia con los viejos. Y ya saben cómo es la madre. No va a soportar la noticia.

Dieron algunas vueltas todavía. Que por ahí no había que decirles cómo sucedió exactamente. Hablar de un accidente. Algo más fácil de digerir.

Ella hizo un gesto, como diciendo que corría por cuenta de ellos. Los vio apichonarse. Al fin alguno dijo que bueno, que por ahí era lo mejor, que tenía razón.

—Ojos que no ven, corazón que no siente —dijo y enseguida se avergonzó por no sentirse tan dolorida como sus hermanos.

Y es que Denis iba y venía, desaparecía por años, después reaparecía como si tal cosa. Ella estaba siempre ahí, palanqueando la tristeza de la madre, sus suspiros por el hijo ausente; las rabietas del padre. Todo más acentuado a medida que envejecían.

Y Denis qué. Siempre hizo lo que quiso. Cuando ella quedó viuda ni apareció. Todavía tenía la cola sucia. Tenía miedo de volver y que su amigo, el marido de la mujer que se había robado, le volara la cabeza. Al fin y al cabo, ¿no hubiese sido mejor así?, pensaba ella ahora.

No le salía estar triste. Tenía que pensar para adelante. No le entraba en la cabeza la última cagada que se había mandado Denis.

El medio hermano y la hermana viajaron a Buenos Aires, al funeral. Le dijeron de ir, si se apretaban entraban todos en el remís. Dijo que no. Iba a levantar la perdiz si se ausentaba más de un día. Los padres se iban a maliciar algo. Eran viejos, pero no idiotas. Que vayan ellos. Que manden sus condolencias a la viuda. De viuda a viuda, pensó con un poco de rencor.

Fue muy difícil sostener el secreto todo este tiempo. Construir el muro de silencio y estar allí, como un vigía de tiempo completo, atenta al asedio de buenas intenciones de los de afuera.

A la madre le encantaba ir a los velatorios. Cosas de gente de campo. La muerte de alguien es la excusa para encontrarse con viejos conocidos, ponerse al día. Era una escucha atenta de las necrológicas por la radio. Insistía en ser llevada. Los velorios. Los sitios más peligrosos. Ella detesta los velorios. Sin embargo tuvo que asistir a cuantos su madre quiso, estar al lado de sus padres, atenta, lista para intervenir, para interponerse, de ser necesario, entre algún pariente o vecino lejano que aprovechase que los veo para darles mi más sentido pésame, qué terrible, qué terrible. Por suerte nunca ocurrió, pero se fue muchas madrugadas de salas velatorias con la espalda contracturada de estar en guardia, una mujer-bomba presta a poner el cuerpo entre el comentario y sus padres.

Tiene nítida en la memoria la noche en que despertó y sintió el cuerpo helado del marido, en la cama. Prendió el velador y se quedó un rato viendo el moretón azul que le abarcaba todo el pecho. Muerto. Un infarto masivo, dijo el médico marcando la mancha lívida. Como si le hubiese caído una roca encima.

Una roca. Una montaña se sacó de los hombros cuando enterró a la madre a principios de la primavera.

El cementerio del pueblo es un lugar muy acogedor, si se puede decir algo así. Ahí donde termina, sigue el campo donde las vacas pastan. El sol parece dar a toda hora.

Con la excusa de pasar por el nicho del marido, se despegó del grupo de deudos y caminó por las vereditas de gramilla de las tumbas más viejas. Se sentía liviana. El viento revoltoso y cálido de setiembre le tocó el pelo, la cara, las piernas sin medias. Le sentaba bien el luto. La adelgazaba.

El del medio

Estaba despidiendo al chofer del camión jaula que había venido a llevarse una carga de pollos cuando la vio a su mujer hablando con Tonio, su hermano menor.

Verónica tenía a la criatura encajada en la cadera, la musculosa y el shorcito le dejaban medio cuerpo al aire. Habría llegado mientras él estaba en los galpones cazando pollos. ¿Ya se le habría pasado la bronca? Ayer los dos habían peleado y ella había agarrado el nene y la camioneta y se había mandado a mudar a lo de su madre. Cuando pasó a su lado le gritó que no pensaba ir a buscarla de nuevo y otras cuantas cosas que el ruido del motor le habrá impedido escuchar. Por suerte, porque se arrepintió enseguida. Él a Vero la quiere, pero ella lo saca de las casillas dos por tres.

Su padre le advirtió que eran muy jóvenes para casarse. Pero la opinión de su viejo estaba contaminada por su propia experiencia. No confiaba en el matrimonio. O, mejor dicho, desconfiaba de la lealtad de las mujeres. No era para menos: la suya lo había dejado con tres hijos chicos y se había pirado con su mejor amigo. No había razón para que su padre creyera en la lealtad de nadie.

Sin embargo él, pese a su corta edad, creía que las cosas podían ser distintas. Con Vero estaban enamorados y la noticia del nene en camino fue la excusa perfecta para estar juntos como Dios manda, sin que ella tuviera que escaparse para verlo.

—Si no la hubieses preñado, no entrabas nunca a mi familia —le había dicho el padre de Vero—. Pero ahora que me la echaste a perder, te casás. No voy a criar un nieto guacho.

Le da mucha rabia ver a su mujer y a su hermano menor juntos, todo el día chucu-chucu, a las risas. Tonio no es como él y el Willy que se rompen el espinazo en los gallineros, de sol a sol enterrados en mierda de pollo, con olor a plumas, contagiándose piojillo, los brazos y las manos llenos de arañazos que se infectan y entonces a Vero le da impresión que la toque o agarre al nene. Tonio es distinto. Cuando el padre se enoja con él dice que es igual a la madre. Y por ahí eso es lo que le preocupa. Que Tonio sea como su madre. O que Vero tenga las mismas mañas que ella. Para el caso es lo mismo.

Cuando la madre se fue con ese tipo, Denis, Tonio era un bebé más chico que su nene y el Willy y él tenían cinco y cuatro años. Guardaba algunas imágenes de esos primeros días. El padre enfurecido poniendo la casa patas arriba. Arriando con todas las pertenencias de la mujer y prendiéndoles fuego en el patio. Asustado y al mismo tiempo fascinado porque nunca había visto una fogata tan grande, se había quedado en cuclillas mirando las lenguas de fuego que se movían con el viento. Sin querer se había hecho pis encima y cuando se dio cuenta se puso a llorar, todo en silencio y sin cambiar de posición. Por suerte era de noche y el padre tenía la cabeza en otra cosa como para darse cuenta de algo. No paraba de decir que los iba a buscar y les iba a dar un escopetazo a cada uno. ¿Había llegado a agarrar la escopeta o eso se lo había inventado él? Sea como sea, el caso es que no salió a buscarlos ni mató a nadie. Aunque le dijo a todo el mundo que lo haría si volvían a cruzarse en su camino. Tal vez lo decía para que ellos se enterasen y no se les ocurriese volver. Tal vez tenía miedo de terminar perdonándolos si regresaban y se lo pedían.

Con los años había comprendido que su viejo era incapaz de matar a nadie. Todavía no sabía si eso era una virtud o un defecto.

Mientras, Tonio lloraba como un marrano. No había parado de llorar durante días más que en los cortos intervalos en que lo vencía el cansancio y dormía algunas horas. El Willy andaba para todos lados con el hermanito a upa. El nene berreaba y el Willy se lo llevaba lejos para que el padre no se pusiera peor de lo que estaba. Él tampoco aguantaba oír a la criatura, pero le daba miedo quedarse solo así que no tenía más remedio que irse atrás del Willy. Caminaban por el campo, se iban hasta el arroyo o se metían en una arboleda enorme: a Tonio le llamaba la atención el movimiento de las hojas y un poco se calmaba.

Por suerte a los dos o tres días llegó la abuela para

poner orden y encargarse de todos. De a poco las cosas se fueron reacomodando. La abuela, que había venido con un bolso chico y un par de mudas, mandó traer el resto de sus cosas y se quedó a vivir en la casa. Con el paso de los días Tonio empezó a llorar cada vez menos. Hasta que agarró la mamadera, la abuela se mojaba el dedo en leche y se lo metía en la boca como a un gatito.

El camión echa a andar y el chofer saca un brazo por la ventanilla diciéndole adiós. Él también levanta la mano devolviendo el saludo. Manejá con cuidado, grita y el otro le responde con un bocinazo.

Vero dejó al nene en el suelo. Está fumando y sigue charlando animadamente con el cuñado. Amaga ir hacia la casa, pero enseguida se arrepiente y enfila hacia los gallineros. No tiene ganas de hablar con ella todavía. Se prende un pucho y camina rápido como si fuese a hacer alguna diligencia. No va a hacer nada. Sólo quiere parecer ocupado y poner distancia.

Este año se juró trabajar el doble para que el año que viene Tonio pueda irse a estudiar veterinaria a Esperanza, en Santa Fe. Lo quiere lejos de su mujer. No lo quiere otro año dando vueltas por la granja, dándole charla a Verónica. Los dos ociosos haciendo Dios sabrá qué mientras el Willy y él andan en los galpones.

Se queda el padre en la casa, pero el padre se mete en la pieza a tocar el acordeón o se va al boliche todo el día y después hay que ir a buscarlo porque llega la noche y él no vuelve. Apenas ellos pudieron arreglarse solos fue como que el padre dijo basta, hasta acá llegué. Con el Willy levantaron la granja y la hicieron funcionar. Los dos son muy trabajadores. No sabe de dónde les viene. No del padre que siempre fue bastante vago, de haber sido por él nomás se habría dedicado al acordeón.

Técnicamente el invierno no ha terminado, pero la temperatura pasa los 25 grados, hay mucha humedad y viento norte. Algo así como el veranillo de San Juan, aunque eso es en junio, le parece. Como sea, el olor de los gallineros se densifica y los enjambres de moscas se posan en los troncos de los árboles y en las paredes formando manchas oscuras y zumbonas. Vero detesta las moscas y la peste de los pollos. Ella es una chica de pueblo y no se acostumbra a ser la mujer de un granjero. Por ahí tendría que haberse casado con alguien como Tonio, que el día de mañana y si Dios los ayuda va a ser un profesional con chapa de bronce en la puerta.

Cuando empezó la escuela, el Willy que ya estaba en segundo les venía diciendo a todos que la madre era muerta y él siguió con el cuento. Por no desmentir al hermano o porque le daba vergüenza, vaya a saber. Una mentira blanca, de niño, que a veces terminaba creyéndose. Fantaseaba con que su padre, sin que nadie lo sepa, había encontrado a la madre y le había disparado con la escopeta tal como le oyó jurar. El amante, sin embargo, había logrado escapar. El padre lo había dejado irse para que fuera él, el hijo del medio, quien cuando creciera lo atrapara y lo matara. En los juegos de pistoleros que jugaban en la escuela, cada chico que caía bajo su ¡pam! estás muerto, secretamente era Denis. Cuando fue más grandecito y su padre le enseñó a disparar la escopeta, cada liebre que perseguía a campo traviesa hasta darle alcance, cercarla, apuntar y jalar del gatillo, cada liebre que daba su último salto impulsada por la velocidad mortal de los perdigones, era Denis. Cada tiro que le dejaba el hombro moreteado por el impacto de la culata contra su carne blanda, infantil, era a Denis a quien se llevaba de este mundo directo al infierno.

Apenas entrado en la adolescencia, dejó la escuela igual que el Willy y los dos se pusieron a trabajar como adultos. Por esa época murió la abuela y con lo que le tocó de herencia al padre construyeron el primer galpón y arrancaron en el negocio de los pollos. El trabajo duro había aplacado su deseo de venganza. No tenía tiempo de pensar en ese hombre ni en su madre. No es que los hubiese perdonado, sólo que cada vez pensaba menos en el asunto; se fue convenciendo de que nunca más vería a su madre que era, en cierto modo, como si estuviese muerta.

En la familia nunca se habla del tema. Debe ser de lo último que puede querer hablar el padre y, por supuesto, él lo comprende y respeta. Pero tampoco los hermanos hablan de eso.

El Willy es callado como una piedra. De lo único que habla es de pollos y de números. Nunca tuvo novia. Sospecha que ni siquiera estuvo alguna vez con una mujer. Y con Tonio no se puede hablar en serio de nada. Según cómo se mire tuvo más suerte que ellos: era tan chiquito cuando ella se fue que su memoria no guardó nada de la madre.

Hace unos años, un conocido del pueblo llamó por radio y él recibió el mensaje. Decía que su madre iba para allá en un remís, que quería verlos y que los esperaba en la tranquera.

Nunca le dijo a nadie, pero fue.

En la entrada a la granja hay un grupo de árboles frondosos. Se trepó a uno y esperó oculto entre las ramas y las hojas de la copa tupida. Al rato vio el Renault blanco salirse de la ruta y estacionar en la tranquera. Bajó una mujer delgada, vestida con jeans y remera, el cabello rojizo, teñido, ni corto ni largo. Joven todavía. Con buena figura. De habérsela cruzado en la calle, él, que ya empezaba a prestar atención al sexo opuesto, se habría dado vuelta para relojearle el trasero.

Ella se apoyó en el capot del auto y encendió un cigarrillo. A este primero le siguieron unos cuantos en la hora larga que estuvo esperando, sin moverse, a pesar del calor que rajaba la tierra. No se acordaba de que su madre fumara. Aunque tal vez había agarrado el vicio después de dejarlos.

El conductor se quedó sentado frente al volante y puso la radio. La música, una canción de moda, llamó su atención y entonces vio que en el asiento trasero había dos criaturas. Una sacó la cabeza rubia por la ventanilla y llamó: Ma. Tendría seis o siete años. Ma, gritó, me hago pis. La mujer se dio vuelta, pero se quedó en el lugar. Bajate y hacé atrás del auto: en mi cartera hay papel. No, dijo la nena, me van a ver. Decile a tu hermana que te tape; dale que acá no hay baño.

Bajó una por cada puerta. Las dos rubias y con poca diferencia de edad. Se escondieron atrás del parachoques y se agacharon para mear. Después anduvieron correteando por ahí. La madre, sin mirarlas, les pidió que no se alejaran y que se quedaran quietas.

Pasó un montón de tiempo. Empezaba a acalambrarse de estar inmóvil arriba del árbol, cuando el remisero se asomó y le dijo a la mujer que tenían que ir volviendo, que tenía una reserva para las cinco. Ella le pidió que esperasen un poco más. El hombre dijo que no, que no podía, que la reserva estaba hecha desde la mañana y que no le podía fallar a su cliente. Si no aparecieron todavía, no van a venir, le dijo. Las nenas se quejaron de que tenían sed y estaban aburridas. Tenían tonada porteña.

La mujer se alejó del auto y se subió a la tranquera. Se puso una mano en la frente y miró lejos, seguramente con la esperanza de verlos venir o algo, pero la casa estaba demasiado retirada como para ver nada desde allí.

Está bien, dijo volviendo al coche, vamos.

El chofer dio marcha atrás, giró y agarró la ruta de nuevo. Él bajó del árbol, pasó entre los hilos del alambrado y corrió hasta la banquina. El auto era un punto blanco que fue tragado enseguida por el asfalto brillante.

Cuando se acerca a la casa, le llega el olor a comida. Churrascos a la plancha. Sonríe. Vero no sabe cocinar otra cosa.

Se detiene en la pileta de lavar ropa y mete los brazos bajo el chorro de agua fría, se enjabona y friega con fuerza y luego se enjuaga y seca con una toalla que saca de la soga.

Vero sale de la cocina y agarra al nene que trataba de sacarle un hueso a uno de los perros.

Tonio, reprocha, fijate lo que hace tu sobrino, casi le roba el hueso al perro: mirá si lo muerde.

Este perro es más bueno que Lassie, dice Tonio riéndose, si se crio con nosotros.

Sos un tiro al aire: no se te puede encargar nada, dice ella más divertida que enojada. Sin embargo, cuando lo ve entrar en el patio se pone seria.

Hola, dice él, volviste.

El nene se ríe y le tira los bracitos. Ella lo agarra por debajo de las axilas y se lo tiende. El crío pega varias pataditas en el aire como si así fuera a llegar más rápido a los brazos del padre. Alza a su hijo y lo aprieta contra el pecho. Es tan blando y frágil. ¿Qué harían si Vero los abandonara?

Ella regresa a la cocina. Él se queda en la galería haciéndole unas monerías a la criatura. Tonio deja la revista que estaba hojeando y le dice que le dé al nene si quiere, queriendo ser cómplice de la reconciliación de la pareja. Pero él se lo niega y entra en la casa.

Vero está poniendo la mesa.

Qué suerte que volviste, le dice él.

Ella no responde, pero sonríe, le da un beso y

los abraza a los dos, al esposo y al hijo, en el mismo abrazo. Él cierra los ojos y siente la respiración cálida de su mujer contra el cuello y las babas del nene que le empapan el hombro de la camisa. Piensa que él, a diferencia de su padre, sí sería capaz de matarla si los deja.

INTEMEC

1

Esta tarde murió un hombre al caer de un poste. Su padre lo cuenta durante la cena y su madre suelta los cubiertos, que golpean contra el plato como si estuviese enojada y quisiera ponerle fin a la conversación.

Inés la mira.

Su madre no está enojada. Está asustada. Se le cruzó por la cabeza que el muerto podría haber sido el padre.

—¿Se le reventaron los sesos? —pregunta su hermano.

El padre dice que sí. Cayó sobre la ruta. Medio cuerpo en la banquina, medio cuerpo en el asfalto.

—¿Vos estabas ahí, pa? —quiere saber el hermano.

La madre cruza los cubiertos sobre el plato. Se le cerró el estómago, aunque apenas empezaban a comer.

—Cuatro o cinco kilómetros más adelante —dice el padre—, cavando pozos. Nos enteramos cuando volvimos al obrador.

El obrador es el predio donde está instalada Intemec, la compañía donde trabaja su padre. Allí guardan las máquinas, las gigantescas bobinas de cable, los postes, los cascos, las herramientas de mano. También hay una caravana de casillas rodantes que albergan a los obreros de afuera.

El día que llegó Intemec, hará dos meses, todo el pueblo salió a la avenida para ver pasar las máquinas amarillas y rugientes. El suelo temblaba a su paso y los motores hacían tanto ruido que Inés no podía escuchar los ladridos de su perro Olando. Sabía que estaba ladrando porque lo veía abrir y cerrar la boca, moviendo la cabeza como esos perritos de plástico que se ponen en los autos, pero no llegaba a escucharlo. Parecía una fiesta, como cuando llega un circo o un parque de diversiones.

La agitación había comenzado antes, cuando empezaron a circular los rumores de que la compañía haría base en el pueblo para realizar el tendido eléctrico de más de sesenta kilómetros hasta Villaguay. Más de sesenta kilómetros de postes, torres y cableado. Trabajo para cincuenta hombres, decían. El mayor emprendimiento desde la construcción de la ruta 130 hacía quince años.

"Intemec: medio siglo sembrando luz en la Patria", decían las calcos que regalaba la compañía y que estaban pegadas en las vidrieras de los negocios, en las ventanas de las casas y en los parabrisas de los coches. Inés y su hermano pegaron la suya en el dormitorio.

—Es uno de los chaqueños que vinieron con la última cuadrilla —dijo el padre—. Pobre infeliz, venir a morirse tan lejos de su tierra. Son tipos tan callados.

—¿Quiénes? —interrumpe su hermano.

—Los chaqueños. Son gente callada. La mayoría son indios.

—¿Indios? ¿Indios de verdad, pa? —pregunta el hermano con los ojos como platos—. ¿Me llevás para que los vea de cerca?

Su padre sonríe.

—Pero no son como los indios de las películas. No son piel rojas.

—¿Yo puedo ir también? —pregunta Inés.

—No —dice la madre.

2

Cuando terminan de cenar los dejan jugar afuera. Es pleno verano y nadie se acuesta hasta la medianoche. Las casas del barrio están iluminadas por las pantallas de los televisores. Algunos vecinos sacan los aparatos a la vereda para estar más frescos y los chicos se van amontonando un rato en una casa, un rato en otra, para seguir la programación de ATC, que es el único canal que llega. Los que tienen antenas más altas agarran también el tres de Paysandú.

A Inés la tele no la llama. Prefiere andar por la calle con Olando. Tampoco la llama la compañía de otros niños. Es una chica demasiado seria para los siete años que tiene. Tal vez por su nombre. Inés es nombre de mujer grande. Todos se lo dicen. Inés es el nombre de una abuela que no conoció. Nombre de vieja y de muerta. En cambio su madre tiene nombre de chica. Verónica. Vero o Verito, como le dicen.

Inés piensa que por eso no congenian. Porque su madre no tiene nombre de madre, sino de compañera de escuela. Por eso no se comporta como las otras madres, sino como su nombre la manda.

Ella no va a tener hijos nunca.

Una vez escuchó que su abuela Nena le decía a una amiga: Vero no puede tener más hijos porque con los embarazos se le afloja la chaveta.

Aunque lo dijo con esa media voz que usan las viejas para hablar de cosas secretas delante de los niños, ella la escuchó y entendió bien por más que no supiera el significado exacto de la palabra chaveta, tan graciosa.

A la madre de Olando le pasa lo mismo. Se come a sus cachorros o los entierra vivos. A Olando se lo sacaron justo antes de que se lo zampara de un bocado. La vecina que se lo regaló lo tuvo que criar dándole leche con un gotero. Hasta que Olando tuvo el tiempo suficiente para que Inés se lo llevara, a la perra la mantuvieron atada en el fondo, detrás de un cerco.

3

Los hombres sin trabajo y los que tenían uno inestable se anotaron para trabajar en Intemec. Serían unos pocos meses, lo que durase la obra, pero decían que la paga triplicaba cualquier sueldo que se pagara en el pueblo. También decían que los obreros que respondieran bien podrían seguir a la compañía a su próximo destino.

El padre de Inés, Lucio, trabajaba en un aserradero hacía un par de años. Había empezado haciendo cabezales para cajones de fruta. Hace poco lo habían puesto a manejar una de las grandes sierras eléctricas. Era un trabajo de mayor responsabilidad, aunque la paga fuera apenas mayor. A Lucio le gustaba trabajar allí. Era mejor que su empleo anterior. Durante algunos años había trabajado en los criaderos de pollos de la zona. El olor a madera recién cortada era muchísimo más agradable que el olor a plumas, excrementos y alimento balanceado. Cuando trabajaba en los gallineros siempre tenía los brazos y las manos lastimados por los picos y las garras de las aves. Las heridas se le infectaban y mientras los chicos fueron bebés casi no pudo alzarlos por miedo a pegarles alguna peste.

De ser por él no hubiese renunciado al aserradero para entrar en Intemec. Pero a Vero se le puso que era una oportunidad para progresar. Con el dinero que reunieran podrían terminar la casa y construir una pieza más para el varoncito. Y Lucio no quiso contrariarla. Después de los partos, seguidos entre sí, Vero había quedado muy resentida de los nervios. De vez en cuando tenía sus recaídas y pasaba semanas enteras en cama con las cortinas cerradas. El médico les había aconsejado no tener más hijos. Sus encuentros amorosos se habían distanciado. El temor al embarazo era como una alimaña acechando en la oscuridad del dormitorio.

El dueño del aserradero se sintió apenado con la renuncia de Lucio. Otros hombres también se le habían ido a trabajar en la compañía y se estaba viendo obligado a tomar a chicos muy jóvenes.

—No les podés dar a manejar las sierras —le confió—: la muchachada de hoy es muy inconsciente: al menor descuido me pierden una mano y tengo que pagarlos por buenos.

4

Inés se sienta en el cordón de la vereda. Olando se pone a jugar con los cascarudos que caen de los faroles de la calle.

A principios del verano hubo una invasión de cucarachas de agua. La noche antes de una gran tormenta. La lluvia de insectos copó el alumbrado público y dejó en penumbras el pueblo. La radio, el periódico y la gente no hablaron más que de eso durante días. Era un fenómeno extraño para un sitio que no tiene ni río, ni arroyos ni canales cerca. La tormenta fue de viento y rayos. No cayó una sola gota. A la mañana siguiente las calles y los patios de las casas estaban cubiertos de cucarachas muertas. Había un olor insoportable a pescado. La municipalidad puso a todos sus empleados a limpiar.

—Vení, Olando.

Le silba y el perro para las orejas y se prepara como para correr mil metros llanos. Pero son apenas veinte, así que frena con las patitas delanteras, derrapa con las de atrás y salen volando algunas piedras chiquitas que le pican las canillas a la nena. Lo agarra del cogote y lo tumba panza arriba en una toma de catch. Olando se queda así, de lomo, como se pone cuando está por llover.

Inés ve la sombra proyectada delante de ella. No se sobresalta: reconoce la sombra larga y gruesa de su padre. Él se sienta a su lado y saca un cigarrillo del atado.

—¿Te lo puedo prender, pa?

—Bueno. Pero no tragues el humo.

Inés toma el cigarrillo y el carusita plateado que le alcanza el padre. Una vez le contó que estos encendedores se usaban en la Segunda Guerra Mundial, los usaban los soldados en las trincheras porque no se apagan con el viento.

Lo agarra con una mano y con el pulgar de la otra activa el mecanismo que levanta la tapita y hace saltar la llama. Chupa inflando los cachetes, le da el cigarrillo al padre y sopla soltando el chorro de humo.

—¿Cuando sea grande puedo fumar de en serio, pa?

Él se ríe. Su padre es un hombre hermoso. Cuando se ríe se le forman arruguitas alrededor de los ojos y muestra todos los dientes, grandes y parejos.

—Primero tenés que tomar mucha sopa y leche y hacer mucho ejercicio.

Inés dice a todo que no moviendo la cabeza.

—Entonces me quedo enana y fumo toscanos como los enanos de los circos.

El padre le agarra la cabeza y le da un beso en el pelo. Termina el cigarrillo en silencio. Algo en el fondo de su corazón le dice a Inés que las cosas no están bien. Seguro que él y Vero discutieron otra vez.

—¿Y tu hermano? —pregunta poniéndose de pie.

—Se fueron del Álvaro. La madre iba a hacer pororó.

—¿Y vos no fuiste? ¿No te gusta el pororó?

—El Álvaro es un pesado. Y no lo dejan entrar a Olando porque corre los gatos. ¿Adónde vas, pa?

—Me voy a cambiar.

—¿Vas al bar? ¿Puedo ir? Me comprás una coca y me quedo quieta.

—No, me voy al obrador, al velorio del chaqueño.

—¿El que se murió hoy?

—Ajá.

—¿Vos también te vas a morir, pa?

—Cuando sea viejo y vos tengas edad para fumar.

Ve a su padre desaparecer en la oscuridad y al rato salir en la bicicleta. Tiene el pelo mojado y olor a colonia de afeitar.

5

Cuando Inés entra en la casa, su madre está con el camisón puesto, sentada a la mesa del comedor, con la frente apoyada en una mano y un cigarrillo en la otra. Tiene los ojos enrojecidos como si hubiese llorado.

—¿Tu hermano? —pregunta.

—En lo del Álvaro —dice Inés pasando de largo.

—Lavate los dientes y prendé un espiral que los van a comer los mosquitos.

Mientras se cepilla piensa por qué Vero será así, por qué no es como las demás madres, por qué no salen del brazo a hacer las compras o van juntas a la peluquería. Vero nunca va a la peluquería: la abuela Nena viene una o dos veces al mes y le arregla el cabello.

Se acuesta y Olando se acomoda a su lado, en el piso de mosaicos, muchísimo más fresco que la cama.

Mucho más tarde, la despiertan las voces en el cuarto de sus padres. Su hermano duerme a pata suelta. Se durmió tan fuerte que no lo escuchó entrar. Olando se ha marchado. Duerme un rato en la casa y después sale a vagar por el barrio hasta entrada la mañana.

Inés se levanta, sigilosa, y se escurre hasta el vano de la puerta. En el dormitorio contiguo, sus padres discuten en voz baja.

—Tengo que ir, Vero.

—¿Por qué? ¿Por qué vos? ¿Por qué no va otro?

—Porque me lo mandó el capataz.

—¿Por qué no va él? ¿Por qué tenés que ir vos?

—Son tres días y estoy de vuelta, Vero. Me van a pagar el viaje como extras. Y doble. No pude negarme, ¿no entendés?

—No quisiste, decí mejor. Te viene bárbaro el viajecito. Vos me querés dejar, ¿no? Vos no vas a volver.

—No digás pelotudeces.

—¿Por qué no va alguien de la Compañía?

—Yo soy de la Compañía, Vero.

—Uno de los capos, digo. ¿Por qué te mandan a vos que sos nadie, que cavás pozos?

—Justamente por eso. Porque soy uno más. A mí nadie me va a reclamar nada. ¿Te imaginás el quilombo que se les puede armar si alguien aviva a la familia del chaqueño? Además yo sé manejar y el capataz me tiene confianza.

—Mentira. Vos te ofreciste a ir. Porque te querés ir a la mierda de acá. Me querés dejar acá con tus hijos y que me pudra. ¿Por qué llevás tanta ropa?

—Puse una muda limpia y una toalla, Vero.

—¿Y el pulóver?

—Qué sé yo, por ahí refresca. No sé. Lo dejo si te sentís más tranquila. Pasé por lo de tu madre. Ella va a venir mañana y se va a quedar hasta que yo vuelva.

—¿Encima me dejás con mi madre? ¿Qué? ¿Tenés miedo que me encame con otro? ¿Que haga lo mismo que vas a hacer vos? Porque vos te vas con otra, no. Yo sé que vos tenés otra. Se van a hacer un viajecito de novios con la excusa del muerto. Si salís por esa puerta no me ves más ni a mí ni a tus hijos.

—Basta, Vero. Cortala. No me rompás las pelotas. Y bajá la voz que vas a despertar a las criaturas.

Inés escuchó los sollozos de Verónica y el ruido áspero del cierre relámpago del bolso y corrió a meterse en la cama.

Su padre entró en la habitación y le acomodó las sábanas y le dio un beso suave en la frente. Después hizo lo mismo con su hermano y salió en puntas de pie.

La casa quedó a oscuras y en silencio. Paró la oreja, pero ningún sonido provino de la pieza de los padres. Al rato se levantó y entró despacito.

Verónica dormía en la mitad de la cama, abrazada a la almohada. Volvió a acostarse, pero ya no pudo dormir. Se quedó con los ojos abiertos viendo cómo el cielo de negro se iba poniendo gris, blanco, rosa, las estrellas se apagaban y empezaba a clarear.

6

A la salida del pueblo, pararon a cargar combustible y agua para el mate. Lucio aseguró el enserado que cubre la caja de la camioneta y caminó unos pasos hasta salir del playón, al descampado que comienza apenas termina el cemento sucio de aceite y manchas de gasolina. Prendió un cigarrillo. La noche va perdiendo oscuridad, las estrellas empiezan a palidecer. En poco rato amanecerá. El día nuevo los encontrará en camino.

El Willy, el chaqueño que será su acompañante y baqueano en la ruta, dejó el termo sobre el techo del vehículo y se mandó para el lado de los baños.

Lucio miró la hora. Las cuatro y media. Metiéndole pata y sin contratiempos llegarían a la noche a la zona del Bermejito. Destino y fin del viaje.

Se desperezó y tocó con una mano el bolsillo izquierdo de la camisa de grafa: el toquito de billetes doblado a la mitad y asegurado con una gomita le abulta la prenda. Es una buena cantidad. Tres sueldos juntos en billetes grandes. Nada de cheques como en la liquidación mensual. Plata contante y sonante, un papel sobre otro, sin firmas ni bancos ni nada.

El dinero no tiene nombre así, ni cara. Aunque sí le dieron un papel para que trajera firmado a la vuelta; una formalidad, le dijo el capataz, un respaldo para la compañía, por si las moscas.

El Willy le pegó un grito, apoyado en la puerta abierta de la camioneta.

—¿Listo, compañero? —dijo Lucio.

El otro le dijo que sí y se metió en el vehículo cerrando con un golpe.

Lucio entró por el otro lado y dio marcha. Maniobró por el playón. Los dos sacaron los brazos por la ventanilla para saludar al empleado. Salió despacio a la ruta vacía.

—En marcha —dijo, dando un golpecito en el volante.

El Willy giró el dial buscando alguna estación de radio. A esa hora todas las emisoras pasaban música, folclore o canciones románticas. A la madrugada sólo los serenos y los camioneros escuchan la radio, y aunque parezca raro, a esos tipos les gusta la música romántica. Clavó el dial en algún punto. Justo estaban pasando una de Perales que a Vero le encanta, una donde él le dice a su mujer que vaya, que su amante la espera, que no se demore más, que mientras él hace la valija. Al Willy también le gusta, parece, pues sigue en voz baja la letra, pero no la sabe tan bien como Vero y se adelanta en algunas partes o se equivoca y se pega con el puño sobre la pierna. Es un poco más joven que Lucio y bastante pintón. Desde que vino con la compañía ya tuvo varios líos de polleras en el pueblo. Le gustan las casadas y, al revés de los otros chaqueños, es muy hablador.

—¿Por qué te dicen Willy? —pregunta Lucio.

—Por Williams.

—¿Te llamás así?

—Ajá —dice sonriendo. Tiene los dientes sanos y parejos.

—¿Y ese nombre de dónde lo sacaron?

—Me lo puso la patrona de mi madre. Una señora inglesa, muy buena. Vivimos con ella hasta que tuve seis o siete años. Hasta me estaba enseñando a hablar inglés. Ahora no me acuerdo nada. Ella me quiso adoptar porque no podía tener hijos, pero mi madre no la dejó. Tenían la casa más linda que vi en mi vida. Con todas las comodidades. El marido había sido gerente de La Chaco. Compraron una finca y se pusieron a plantar algodón. Nunca volvieron a su país. Helen se llamaba. Con hache. En inglés la hache se dice jota, de eso me acuerdo —se ríe—. Si me hubiesen adoptado ahora sería todo un señorito inglés. Capaz hasta estaría casado con alguna leidi de allá. Leidi quiere decir chica, señorita. Algunas palabras me acuerdo, fijate.

—¿Y por qué se fueron de ahí?

—Mi madre me tuvo de muy joven. Tenía catorce o quince. Después se casó y nos volvimos con mi padrastro a las islas. Ahí me terminé de criar. Vieras lo linda que era mi madre. La señora Helen la tenía como a una hija. Cuando nos fuimos tenía dos baúles llenos de vestidos que le regaló la señora y zapatos de todos los colores. Habían sido de la señora Helen, pero estaban casi de estreno. La gente rica usa la ropa una vez y nunca más. Ni bien pusimos pie en la isla, mi padre le prendió fuego a todos los trapos. Había ropa mía también. Todo hecho a medida por el sastre del señor. La fogarata duró toda la noche. Mi madre se durmió llorando esa vez.

Lucio se quedó pensando en la madre del Willy.

—¿Y lo perdonó? A tu padrastro, ¿lo perdonó?

El Willy soltó una carcajada.

—¿Por las pilchas? Ha de ser que sí porque todavía siguen juntos.

Lucio también sonrió. Se notaba que el Willy nunca había estado casado. A veces los rencores atan más que el amor.

Enseguida dejaron atrás los montes de eucalipto que se extienden a uno y otro lado de la ruta hasta el empalme con la 14. Lucio está orgulloso de ese tramo por el que se entra o sale del pueblo. Un túnel verde y perfumado, compacto, la cinta de asfalto siguiendo las ondulaciones de las cuchillas.

7

Inés despierta sobresaltada. El sol entra a raudales por la ventana y siente el cuerpo transpirado. La cama de su hermano está vacía. Escucha ruidos que vienen de la cocina. Hay olor a comida. A comida rica, piensa Inés con alegría, la comida de la abuela. No los churrascos con ensalada que Vero prepara todos los días. Se levanta de un salto y se mete en la cocina sin pasar por el baño.

—¡Abuela!

La abuela está revolviendo algo en una cacerola con la cuchara de madera.

—Hola, gatita —dice y la abraza contra su panza, contra el delantal limpio que usa cuando está en la casa—. Mirá que sos dormilona. Ya iba a ir a sacarte de la cama. No sé cómo pueden dormir tanto con este calor. Andá, lavate la cara que mientras tomás la leche te peino.

Inés se va saltando en una pata hasta el baño. La puerta del dormitorio de Vero sigue cerrada, seguro que duerme. Cuando ellos están de vacaciones Vero duerme hasta el mediodía. Se echa agua fría en la cara y se cepilla los dientes. Agarra el peine para hacerse una colita, desde muy pequeña aprendió a peinarse sola, y de repente se acuerda de que la abuela está en casa y que le puede pedir que le haga una trenza. Todavía no aprendió a hacer trenzas, es muy difícil. Que le haga dos, mejor, dos trenzas largas de esas que parecen espigas de trigo, que se llaman así le dijo la abuela: espigadas.

La leche con cacao está bien fría y dulce, riquísima. La abuela se la sirvió en uno de esos vasos largos que el padre usa cuando toma gancia o cerveza.

Toma dos o tres sorbos largos y agarra una galletita. Mientras la mordisquea se entrega a las caricias del peine que comienzan en la coronilla y bajan todo el largo del pelo una y otra vez. Qué lindo que es ser peinada. Cuando sea grande va a ir todos los días a la peluquería para que la peinen como hacen las actrices y las señoras ricas.

—¿Me hacés dos trenzas?

—Bueno. No comas tantas galletitas que en un rato almorzamos.

—¿Y mi hermano?

—Está jugando afuera. Pobrecito, lo saqué temprano de la cama para que me abriera la puerta. ¿No escuchaste que golpeaba? Anoche, en el apuro, me olvidé de decirle a tu padre que me dejara la llave. Yo creo que tengo una copia, pero revolví toda la casa y no la encontré. Eunice cambia las cosas de lugar y después se olvida de dónde las puso. Yo siempre le digo: vos en vez de ordenar escondés las cosas.

Eunice es la cuñada de la abuela Nena. Cuando las dos quedaron viudas se mudaron juntas.

—¿La tía Eunice va a venir también?

—No, está chocha de quedarse unos días sola... viste cómo es ella.

—¿Y Vero?

—Chist. Decile mamá, che. No sé qué moda es esa de llamar a los padres por su nombre.

Inés se encoge de hombros. Si es Vero la que no quiere que le digan mamá.

Sale al patio. Tienen un fondo muy grande. La mitad está completamente descuidada, con pastizales que llegan hasta las rodillas. Hasta que entró en la compañía Lucio se ocupaba de mantenerlo limpio, siempre tenía la idea de armar un vivero para plantar verduras. Con este empleo no tiene ni tiempo ni resto para hacer cosas en la casa. A él le gusta trabajar la tierra porque hasta la adolescencia vivió en el campo. Siempre le dice a Inés que el día que tengan la huerta va a sembrar un almácigo de rabanitos solo para ella, pero que va a tener que ayudar a cuidarlo.

Su hermano está jugando justo donde empiezan los pastos más altos. Está sentado en el suelo y tiene puesto un sombrero de trapo. El sol está muy fuerte. Se lo nota muy concentrado.

Piensa en ir a ver qué está haciendo, pero le da pereza. Hace tanto calor y todavía siente la cabeza pesada por el mal sueño. Más vale se queda a la sombra de la parra. Se sienta en el pequeño sillón de playa que le regaló la tía Eunice para Navidad. Es un sillón precioso. Igual a los grandes, pero justo de su tamaño, con tiras de plástico de colores chillones.

Olando cavó un pozo en la tierra y está dormido. Vaga toda la noche y después necesita reponerse.

Echa la cabeza para atrás y se queda mirando el

tramado de hojas, los tallos correosos que se desparraman sobre las guías de alambre que puso el padre para formar ese techo verde, más tupido cada año. Es una lástima que nunca se decida a dar uvas. Cada verano echa unos pocos racimos que se pudren antes de madurar.

Durante el almuerzo, Vero permanece callada. Se dio una ducha al levantarse y tiene el pelo mojado y un batón de algodón de esos que se usan arriba de la malla.

La abuela hizo pollo al horno, torrejas de acelga y un arroz completamente amarillo, tan amarillo que da gusto tenerlo en el plato. Dijo que le puso azafrán para que quedara así y sacó del bolsillo del delantal una lata diminuta, apenas más grande que una píldora, y se la dio a Inés para su casa de muñecas. Adentro de ese minúsculo envase viene el azafrán.

Vero come sin ganas una torreja. Pincha un pedacito con el tenedor y lo tiene en el aire un rato como si le estuviese pidiendo permiso para llevárselo a la boca.

La abuela charla con los nietos. Hace comentarios y mira a su hija, le busca la mirada. Pero la mirada de Verónica está muy lejos, perdida atrás de los ojos hinchados por el sueño o por el llanto o por las dos cosas.

Corta un poco del pollo que tiene en el plato y le dice a la abuela que por qué no le sacó la piel, que la piel del pollo trae cáncer. La abuela dice que es un pollo de campo, que no hay nada malo con la piel de los pollos de campo, que eso será con los de criadero.

Vero suelta una risita insolente.

—Ahora sabe más que los médicos —dice.

La abuela ignora su comentario y cambia de tema. Les dice a los nietos que cuando baje el sol van a armar la pileta.

—Está pinchada —dice Vero—. Lucio la iba a emparchar pero como nunca tiene tiempo para nada el señor Intemec.

—Qué problema hay. Vamos a comprar unos parches y la vamos a arreglar. Es una picardía que esté guardada con el calor que hace, ¿no?

Vero enciende un cigarrillo.

—Estamos comiendo, Verónica.

Cuando está molesta con ella la abuela le dice el nombre completo, así desde que era una nena.

—Esta es mi casa, mamá.

8

Lucio y el Willy pararon a comer en una parrilla de la ruta. Hace un calor que raja la tierra. Los ventiladores de techo giran con una lentitud pasmosa. Toman una cerveza mientras esperan la comida. Fuman. El lugar está lleno de hombres solos. La mayoría son camioneros. Hombres panzones que mastican despacio su tira de asado y beben su vino en silencio.

Una mujer joven atiende las mesas. Tiene buen cuerpo. La musculosa blanca se le pega al torso sudado. Sus brazos son fuertes, podría golpear a un hombre sin esfuerzo. Cuando pasa a su lado, el Willy le mira el culo, lo mira a Lucio, sonríe y hace un gesto de aprobación. Lucio le devuelve la sonrisa. Sí, la mujer es linda. Debe tener un olor amable, mezcla de jabón de tocador, parrilla y papas fritas.

Sin pensarlo se la ha quedado mirando tanto que ella se da cuenta y le sonríe. El Willy también se da cuenta y le pega una trompada suave en el hombro por encima de la mesa.

—Ganador —le dice un poco envidioso porque no lo miraron a él. Lucio mueve la cabeza.

—Yo estoy fuera de carrera hace rato, hermanito.

—¿Sos casado?

—Hace diez años.

—Yo me voy a morir soltero. Lo único que me gusta del matrimonio son las mujeres casadas —dice el Willy, y suelta una carcajada.

—Y... tiene sus cosas. El matrimonio. La soltería. Todo tiene sus pros y sus contras.

—Ha de ser así, chamigo. Pero a mí me gusta andar libre como los pájaros —vuelve a reírse el Willy, tiene una risa contagiosa, los ojos le chispean—. Una vuelta, de más changuito, me junté. Ella era más grande que yo. Un tiempo anduvo todo bien. Rancho limpio. Comida y cama caliente. Pero era de más celosa, che. Mirá que yo andaba derechito con ella, me tenía enloquecido, ni ganas de mirar a otra... pero cuando la mujer es celosa no hay caso. Por más que estés metido entre sus polleras todo el día, siempre va a encontrar algo para sacarte en cara. Así que un buen día junté mis mudas y me fui a la mierda.

La mujer trae los platos. Lucio mira para abajo, no quiere que ella lo malinterprete. El Willy le saca conversación. Ella es simpática.

Empiezan a comer. La mujer sigue con sus cosas.

—¿Era casado? —pregunta Lucio mirando por la ventana y señalando con la cabeza la camioneta estacionada debajo de un árbol.

—No sé. Yo lo conocí en la compañía. Es de los últimos que entraron. Yo ya hace tres años que estoy. Estaba trabajando en Las Marías, la de la yerba, viste, en Corrientes. Un compinche me dijo que había llegado la compañía para hacer el tendido en un pueblito por ahí cerca, que buscaban gente. Yo había tenido problemas con el capataz de Las Marías y andaba con ganas de irme de ahí. Así que fui y les pedí trabajo. Me tomaron ese mismo día. Y a mí me gusta más esto. No quedarme mucho tiempo en ningún lugar, andar de acá para allá. Si les cumplís, vas a poder seguir en la compañía, seguro.

Lucio movió la cabeza.

—Claro que con familia es otra cosa —dijo el Willy.

Mientras el Willy se tiró a dormir una siestita a la sombra, Lucio se fue a caminar un poco para bajar la comida. Llegó hasta el borde de la ruta. Desde allí miró hacia la parrilla, los camiones estacionados en el playón. Prendió un cigarrillo. Le hubiese gustado ser camionero, pero era muy sacrificado, estar tantos días fuera de la casa, durmiendo y comiendo en cualquier sitio. Y él quería una casa y una familia. Una casa y una familia era lo único que había deseado. Entonces, ¿por qué Vero lo hacía tan difícil?

Bajó la lomada de la banquina, caminó un poco entre los árboles del predio y rodeó la construcción de cemento buscando los baños. Atrás la encontró a la mujer, recostada contra la pared, en un pedacito de sombra, fumando.

Ella le sonrió —una sonrisa franca— y se pasó una mano por la frente.

—Calor, ¿eh? —dijo.

—Sí. Está pesado.

—¿Adónde van?

—Al Chaco.

—Más arriba, más calor. No los envidio. ¿Son de allá?

—No. Vamos a llevar una carga.

—¿Conocés?

—Mi amigo. Él es de la zona.

Ella volvió a sonreír y dio una chupada a su cigarrillo.

—¿Vos vivís por acá?

—En el pueblo. Pero me paso el día acá, desde la mañana hasta la noche. Se trabaja mucho, gracias a dios.

Se quedaron en silencio, tímidos como dos criaturas.

—Andaba buscando un baño.

—Adentro tenés uno.

—Gracias.

—No hay por qué.

—Ya estoy recuperado, listo para arrancar —dice el Willy estirándose. Se mojó la cabeza en el baño y el cabello, medio largo, le chorrea gotitas sobre los hombros.

—Bueno, vamos —dice Lucio.

La mujer le alcanza el termo con agua caliente.

—Cuidado que está que pela —dice—. Buen viaje.

—Nos vemos a la vuelta —responde el Willy guiñándole un ojo.

Sobre el toldo verde que cubre la caja de la camioneta revolotea un pequeño enjambre de moscas. Algunas se meten a la cabina cuando ellos abren las puertas.

—Puta madre —rezonga el Willy. Son verdes y cargosas.

Lucio da marcha al motor, arranca y sube despacio hasta la ruta. Cuando el vehículo agarra velocidad bajan los vidrios de las ventanillas y el Willy espanta las moscas con un trapo. Aplasta una contra el parabrisas y se ríe como un chico. El resto se le escapa.

9

Vero prende el ventilador y se acuesta en bombacha y corpiño a hojear una revista. La persiana del dormitorio está baja pero el calor entra de todos modos. Es un horno la pieza. Un horno en verano y una heladera en invierno. A ver si este año juntan la plata para poner el cielo raso. Se hace viento en la cara con la revista, una *Kiling* que leyó tantas veces que se sabe de memoria. Igual sigue asustándose cuando llega al cuadro en que Kiling entra al dormitorio sorprendiendo a la rubia en ropa interior. Le encantan esas historias aunque las mujeres siempre son maltratadas y asesinadas. Le gustan, no sabe por qué.

Su madre se fue a hacer la siesta al cuarto de los chicos. Los chicos se acostaron también. A ella nunca le llevan el apunte para dormir la siesta, pero basta con que se los pida la abuela para que le hagan caso. Parece que todo lo que dice su madre es palabra santa para todos. Menos para ella.

Ella la conoce muy bien. La conoce desde antes de convertirse en la abuela Nena, cuando era simplemente la Nena o mami para ella. De abuela está reblandecida, pero cuando era joven... Se piensa que ella se olvidó de cómo la fajaba. Ahora pretende que ella sea una buena madre, pero ¿de quién iba a aprender?

Si es por el modelo que tuve, le dice cada vez que la vieja le reprocha su indiferencia con los hijos. Por lo menos ella a los chicos no les pega. Lucio la mata si les pone una mano encima. Como si no supiera que si todavía no la abandonó es por los nenes.

Es que no se le dio bien la maternidad a ella. No es que no los quiera. Los quiere. Pero no puede mirarlos sin olvidarse de que es por ellos que ella está así, de que es por ellos que su salud está resentida. Si no los hubiese tenido, no estaría enferma. Su mente sería clara como antes. No tendría esta maldita tristeza que le fue agriando el carácter. Si ellos no hubiesen nacido, ella seguiría siendo la Vero alegre y sana de la que Lucio se enamoró.

A veces le dan pena sus hijos, pobres criaturas de dios. Con el nene le resulta más fácil un acercamiento; él es más simplón, más pavote como son los varones a esa edad. Pero la nena, Inés, qué chica tan rara.

Se adormece con la revista en la mano. Se hunde en el sopor de la pieza. Parece que nunca durmiera lo suficiente.

10

El atardecer en la ruta es hermoso. Sobre todo en caminos como este, donde no anda un alma. El cielo se ha puesto completamente rojo, como si los montes de vinal lo hubiesen pinchado con sus largas espinas todo el día y recién ahora se dejara sangrar por todas las pequeñas heridas a la vez.

Willy dice que tiene ganas de orinar y Lucio saca la camioneta del camino, la tira en la banquina y detiene el motor.

Bajan los dos. Mientras su compañero se aleja unos pasos para descargar la vejiga, Lucio prende un cigarrillo y se despereza. Le duelen los brazos después de tantas horas de tenerlos tensos sobre el volante. Todavía faltan cien kilómetros. Llegarán a la noche como estaba previsto.

Ahora que falta poco, Lucio toma conciencia de su carga. Apoya una mano sobre la lona tirante, llena de polvo: abajo va el cuerpo de un hombre. Una noticia terrible que cambiará el destino de una familia. Cuando se lleva el cigarrillo a la boca ve que la mano le tiembla. ¿Cómo enfrentará a los parientes del muerto?

El hombre era joven; seguramente hay un padre y una madre, un matrimonio ya viejo para engendrar otro hijo, pero todavía joven para haber disfrutado de este por lo menos quince años más. Un hombre y una mujer que a esta misma hora estarán tomando la última cebadura de mate del día, luego de haber terminado con sus quehaceres diarios, sentados a la puerta del rancho, mirando este mismo atardecer con los ojos de la costumbre, en silencio, quietos, sumergidos en los cuarenta y cinco grados de temperatura a los que también ya están acostumbrados. Pensará cada uno que ha llegado a su fin un día parecido al resto. Después del mate, la cena que se cocina sobre el fogón, el jarro de vino, el sueño adentro del rancho, en el que caen desmayados por el calor y el humo de las bostas secas que encienden para espantar los mosquitos. Un día común y corriente, pensarán. Un día más.

Tal vez también haya en el mismo rancho o en uno vecino una esposa y una escalerita de hijos, niños descalzos y en cueros que gastarán las últimas energías del día revolcándose con los perros o pateando una pelota en la tierra suelta que les endurece los cabellos.

Lucio se aleja de la camioneta, le da la espalda, trepa hasta la ruta y camina unos pasos. Oye que el Willy le grita: eh, eh. Levanta el brazo como pidiéndole que lo deje solo. Dobla el cuerpo, apoya las manos en las rodillas y suelta un chorro de vómito, devuelve el mate, la cerveza y algunos restos del almuerzo. Se limpia la boca con el dorso de una mano y respira hondo el aire caliente, denso, de la tardecita.

En el camino pasaron tres puestos de la policía caminera. Traían un papel de la compañía sellado por un coronel del ejército: tránsito libre por todos los caminos de la patria. Siguiendo las directivas del capataz, en cada puesto mostraron el papel, dijeron que atrás llevaban herramientas y agradecieron al milico de turno con un rollito de billetes previamente preparados, que Lucio guardaba en el otro bolsillo de la camisa.

Herramientas, llevamos herramientas de la compañía. A fuerza de decirlo él mismo se lo había creído hasta ahora, que faltaba poco para el final del viaje. Pensándolo bien no era una mentira. El muerto, el Willy, él y todos los demás no eran sino herramientas de la compañía, más baratas que cualquiera de las modernas máquinas amarillas con sus brazos-grúa y sus palas dentadas. Con el fajo de billetes que llevaba para consolar a la familia del obrero muerto no alcanzaba para pagar una sola pieza rota de esas máquinas.

11

Inés tiene los brazos apoyados en el borde de la pileta y el mentón apoyado sobre los brazos. En el otro extremo hay una manguera rayada verde y negra que chorrea un hilito de agua. La abuela dijo que habrá que dejar la canilla abierta toda la noche para que la pileta esté llena en la mañana. A la tarde compraron los parches y la remendaron. Hubo que lavarla con detergente y una escoba porque estaba amocosada en algunas partes. Vero, que se levantó de buen humor de la siesta, ayudó a armarla. Trajeron varios baldes de arena que sacaron de una casa en construcción de la otra cuadra, volcaron la arena en un rectángulo del tamaño de la pileta, Vero la alisó con un rastrillo, arriba pusieron bolsas y encima la pileta. Tardaron un poco en encajar los caños unos adentro de otros porque las puntas estaban oxidadas. La abuela dijo que no la habían guardado bien la última vez, que no la habían secado ni le habían puesto talco y por eso el moho y el óxido; por eso después la lona se agujerea. Este comentario estaba dirigido a Vero, pero Vero, raramente, no le dio pelota.

En el patio están sólo Inés y su madre. Escuchan

en la radio un programa de música: la gente llama por teléfono o escribe cartas para pedir temas y mandar saludos a sus conocidos. Es un programa muy escuchado, conducido por un locutor famoso. Vero dijo que una vez lo vio al locutor pasando discos en un baile del club Santa Rosa y que es un churro bárbaro. Inés piensa que su voz es bonita, pero el tipo le parece un poco creído y se lo dice a Vero. Ella le dice que con todas las mujeres que le andan atrás es lógico que esté agrandado. Inés piensa, pero no se lo dice a Vero, que su papá también es muy churro y que también debe tener muchas mujeres atrás y que no por eso se hace el lindo.

La abuela está en la cocina en un barullo de cacerolas: prepara la cena y una mermelada. Por la puerta abierta llega, mezclado en el aire cálido de la noche de verano, olor a fruta y a azúcar.

—Por más que te quedes mirando la pileta no se va a llenar más rápido —dice Vero.

Inés se encoge de hombros. Le gusta ver el fondo floreado bajo los escasos centímetros de agua.

Vero prende un cigarrillo y vuelve la cara al cielo estrellado. Está sentada en un sillón y tiene las piernas apoyadas en uno de los bordes de la pileta. Inés la mira.

—¿Querés que te peine? —dice.

Vero la mira.

—¿Me dejás que te peine? —repite.

Vero va a decirle que no, esta chica puede hacerle un lío en el cabello.

—Te dejo linda para cuando vuelva papi —dice Inés, y sonríe.

—Bueno. Pero ojito con hacerme doler.

Inés corre adentro de la casa a buscar el peine. Vuelve y se estira para llegar a la altura de la cabeza de su madre. Vero siente la mano pequeña y tibia apoyarse en su coronilla, los dientes plásticos del peine metiéndose despacio entre su pelo, bajando hasta donde termina y subiendo de nuevo, todo con mucha suavidad y cuidado. Los primeros minutos se queda con el cuello tieso, mirando al frente como si estuviese en la peluquería y estudiara los movimientos de su peinadora en el espejo. Después se afloja y siente ganas de llorar.

12

Lucio apaga el motor de la camioneta y deja los faros encendidos. El Willy, que se había dormido, se despierta sobresaltado.

—¿Qué pasó? —pregunta abombado por el sueño. Lucio mueve la cabeza y prende un cigarrillo. —¿Pasó algo? ¿Llegamos?

—Casi. Estaremos a diez kilómetros.

El Willy se pasa las manos por la cara y el cabello. Bosteza.

—¿Por qué paramos, che? ¿Eh? —dice tocándole un hombro a su compañero.

—Estuve pensando que mejor llegar con el día —dice Lucio despacio. Mira su reloj y se lo muestra al Willy—. Son las diez y media de la noche. Esta gente ya debe estar durmiendo. Pensaba... ¿a vos te gustaría que te despierten con una noticia así? Pienso que... no sé... mejor que duerman tranquilos una última noche. ¿No te parece?

El Willy también prende un cigarrillo. Los dos miran hacia delante, los cincuenta metros de asfalto iluminado por los focos de la camioneta. El resto es completa oscuridad. Desde la oscuridad llegan los sonidos del monte.

—Qué sé yo, chamigo —dice el Willy—, a las malas noticias mejor saberlas cuanto antes. Nosotros no podemos cambiar nada.

—No, ya sé. Pero pensá, que te saquen de la cama con una desgracia así... qué hacés, no sabés si avisar a los vecinos, esperar a la mañana... los chicos, cómo se los decís en plena noche, cómo les decís a tus hijos que el padre está muerto.

El Willy resopla.

—Y sí. Es fulero, che... es fulero el trabajito que nos encargaron. Me cago en las horas extras —dice pegando una piña en la guantera—. Está bien. Esperemos a que amanezca. Lo que sí, no sé vos, pero yo estoy cagado de hambre.

—Compré algo cuando paramos en el almacén.

—¿En serio?

—Pan, fiambre y una botella de vino.

—Bueno, sacá la camioneta de la ruta. Por acá no anda nunca nadie, pero no sea que se nos aparezca un mamerto y nos parta al medio.

Armaron un fuego con unas ramas secas, no porque hiciera frío sino para animarse un poco.

13

Inés agarra la bici.

—Voy a dar una vuelta —le grita a la abuela y lleva la bicicleta de tiro hasta la calle—. Olando —llama.

Se trepa y espera. Tiene que gritar dos veces más el nombre de su perro hasta que lo ve aparecer por el costado de la casa, despacito, de mala gana.

—Vamos —dice.

Olando se sienta y la mira. Se rasca con una pata atrás de la oreja y bosteza.

—Dale, perro vago.

El animal se para sobre sus cuatro patas y camina contoneando el cuerpo grueso, retacón. Se le nota que tiene más ganas de seguir durmiendo a la sombra que de acompañar a su dueña en un paseo al rayo del sol.

La nena se para sobre los pedales y arranca. Cuando agarra velocidad se apoya sobre el pequeño asiento de plástico. Esta bicicleta empieza a quedarle chica. El último mes pegó un estirón: las polleras y los shorcitos le quedan más cortos que cuando empezó el verano. Cuando vuelva a la escuela va a ser una de las últimas de la fila, seguro.

Va andando por la orilla de la calle donde las piedras están sueltas y hacen más pesada la marcha de las ruedas. Casi no pasan autos por allí, pero se cruza con algunos hombres, también en bicicleta, que pedalean rapidísimo para llegar justo a la hora del almuerzo. Un perro sale de una casa y le ladra a Olando, que le gruñe, mostrándole los dientes, sin aflojar el paso; le muestra los dientes y lo mira de reojo como diciéndole: ahora te la dejo pasar porque voy apurado, pero ya vas a ver si te encuentro a la vuelta. Olando no es de pelear con otros perros, pero una vez mordió a un tipo que se metió de prepo en la casa. Era un conocido de Lucio, un atrevido que se mandó para el fondo sin llamar. Olando dormía en uno de esos pozos que siempre anda cavando en el patio y cuando el hombre pasó a su lado se le prendió de la botamanga del pantalón. En realidad mordió más tela que otra cosa porque es un perro chico, los dientes apenas le rasguñaron la pantorrilla, pero se pegó un susto bárbaro.

Lucio salió de la cocina alarmado por los gritos y las puteadas del recién llegado. Le ordenó a Olando que lo soltara y el perro le hizo caso enseguida. Lucio estaba más enojado con el tipo que con el perro.

—Pero también, hermano, cómo te vas a meter así sin avisar —le dijo.

Cuando comprobaron que no había que lamentar más que unos rayones sobre la carne, dos o tres hileritas irregulares de puntitos de sangre, se rieron. Hasta el hombre se rió.

—Mirá qué pedazo de guardián te echaste —dijo.

Inés frena ahí donde el camino de pedregullo empalma con el asfalto. Se baja de la bici y la apoya en el tronco de uno de los eucaliptos que crecen en el borde de toda esa última cuadra. Se pasa una mano por la cara. Está acalorada. Se sienta en el pasto y se apoya, ella también, en uno de los troncos. Allí está fresco y perfumado. Las palomitas de la virgen, que tienen sus nidos en las copas estiradas de los eucaliptos, cantan: cuú-cuú.

De vez en cuando a Inés le gusta ir allí a mirar los camiones que pasan por la ruta que atraviesa el pueblo. Camiones y autos conducidos por gente de afuera. Lucio le contó que en Buenos Aires a los autos les dicen coches. Camiones y coches. Camiones enormes, con doble acoplado, que se mueven veloces a pesar de su apariencia de gigante torpe. Coches pequeños y modernos, brillantes bajo el sol como luciérnagas del día.

Hoy tuvo ganas de ir allí a pensar en su padre. Hace dos días que no lo ve, que está fuera de casa, y a ella le parece un mes entero. Lo extraña y tiene tantas cosas para contarle cuando vuelva que quiso ir a echarse bajo los eucaliptos a ordenar esas cosas porque tiene miedo de atolondrarse y olvidarse más de la mitad.

La abuela dijo que su padre volverá esta noche, tal vez de madrugada. Vero no dice nada, por las dudas. Sigue pensando que quizá no vuelva y ahoga sus expectativas creyendo que así va a sufrir menos. En el fondo espera que no regrese así deja de vivir a los saltos. Ella, para sí, le llama vivir a los saltos a esta idea que se le metió de que tarde o temprano su marido va a abandonarla.

La tarde anterior se la pasaron en la pileta. Vero se

puso una bikini viejísima, de cuando era más flaca, y se rieron, incluso ella, de cómo le quedaba. Dijo que se la va a regalar a Inés porque seguro que le va a quedar pintada. La pasaron lindo en el agua con su hermano y Vero. La abuela no quiso meter ni las patas. No le gusta. Cuando van al río tampoco se mete, ni siquiera se saca las medias. Ni los zapatos. Dice que está vieja para mostrar las carnes. Sin embargo la tía Eunice, que es tan vieja como ella, es la primera en meterse al río y la última en salir. La tía Eunice se pone una malla enteriza negra brillante y un gorrito de natación y parece una foca. De joven era nadadora y todavía conserva la carne fibrosa de los deportistas.

Ayer a la tarde la abuela les cebó mate, les hizo limonada y buñuelos. Comieron y bebieron saliendo del agua solamente para hacer pis. Vero contó que cuando fueron con Lucio a Córdoba de viaje de bodas, en el hotel había una pileta y que si uno hacía pis en el agua se formaba una mancha fosforescente alrededor del meón, delatándolo.

La abuela dijo que en general la gente era muy puerca y que si ella no se metía al río, donde de última el agua corre, menos iba a hacerlo en una pileta donde un montón de desconocidos remojan el culo.

Los camiones pasan tan fuerte y tan cerca que Inés siente que la tierra tiembla debajo de ella. Igual que estos hombres, su padre ahora estará manejando para volver a casa. Tal vez una niña igual a ella pero en otra provincia estará al costado de la ruta viendo pasar los vehículos. Mirará pasar la camioneta de la compañía, tan rápido que nunca llegará a ver el rostro del conductor.

14

El Willy está callado. Como si las horas que pasó con su gente lo hubiesen devuelto a la melancolía propia de los suyos, como si fuera de nuevo uno de ellos o, mejor dicho, se hubiese dado cuenta de que nunca dejó de serlo.

La entrega del cuerpo fue triste y dolorosa.

La camioneta de la Compañía entró al pequeño poblado a las siete de la mañana. El sol ya estaba picante. Una decena de perros flacos salió de los ranchos a morder los neumáticos. Detrás de los perros, se fue asomando gente. Algunos hombres salieron con el mate en la mano, sin camisa, así como estaban, desmelenados, con la resaca del sueño encima, preguntándose quién llegaba, por qué tanto alboroto. Las mujeres vichando atrás de los hombres, sumisas, con los ojos bajos, el pelo todavía suelto, descalzas.

Lucio detuvo la camioneta en el medio de la única calle. El Willy bajó primero. Lo escuchó saludar. Lo vio extender la mano hacia cualquiera de los hombres que se miraron hasta que uno se decidió a limpiarse la suya en la pierna del pantalón antes de estrechar la del Willy. Lo oyó preguntar por la familia Chará. Los hombres volvieron a mirarse: todos eran, en cierto modo, Chará. Todos tenían sangre Chará en las venas. El Willy reformuló la pregunta: pidió por el padre o la mujer de Eriberto Chará. Señalaron un rancho al final de la calle.

El Willy se asomó por la ventanilla y le dijo que lo siguiera con la camioneta. Se encaminó decidido. Los hombres y algunos chicos fueron detrás de él.

Lucio dio marcha y los perros volvieron a echársele encima y fueron todo el largo gruñendo y mordiéndose entre ellos cuando no atinaban a los neumáticos.

Cuando llegaron a la casa de Eriberto Chará, su padre, un hombre de abundante cabello blanco, ya había salido a la puerta atraído por el bochinche de los perros.

Lucio apagó el motor y los perros se calmaron.

El Willy habló con el viejo en voz baja. El grupo de vecinos esperó silencioso a unos metros de distancia tratando de pescar algún retazo de conversación. El Willy señaló la camioneta. El viejo lo miró, miró la camioneta, volvió a mirarlo y se metió adentro del rancho. El Willy se quedó al lado de la puerta. Se cruzó de brazos, quieto, mirando hacia el frente como si su misión fuese impedir que alguien traspusiera el umbral.

Al rato salió el viejo, recién afeitado, con una camisa limpia y unos viejos zapatos de cuero, sin medias, cuarteados.

Lucio había bajado y estaba recostado contra la puerta del vehículo. El viejo se acercó y lo miró, lo saludó con un movimiento de cabeza. Miró toda la camioneta y se detuvo en la caja cubierta por la lona verde, comprendiendo.

—Mi hijo —exclamó, y apoyó los brazos y la cara sobre la lona tirante.

Los vecinos ayudaron a bajar el cuerpo. Lo depositaron en una mesa larga debajo del alero del rancho. Enseguida empezaron a caer las mujeres, con el cabello atado, repitiendo un sonido plañidero que provocaba una tristeza infinita.

Eriberto Chará no tenía esposa, ni hijos, ni madre. La mujer del viejo Chará había muerto hacía algunos años, los otros hijos habían formado sus propias familias.

—¿Tenés un pucho? —pregunta Lucio a ver si lo saca al Willy de ese mutismo. No le contesta. Se tantea los bolsillos de la camisa buscando el atado. Encuentra el papel que le dio Lucio junto con la plata que le entregaron al viejo. Lo despliega. Se lo muestra a Lucio. Se olvidaron de hacerlo firmar. Lo aprieta en el puño, hace un bollo y lo arroja por la ventanilla. Saca un cigarrillo, lo enciende y se lo pasa a su compañero.

—¿Querés manejar? —dice Lucio.

El Willy lo mira.

—¿Querés manejar un rato?

—Bueno —dice, repentinamente entusiasmado, como un chico.

Lucio detiene el vehículo, se baja y vuelve a subir del lado del acompañante. El Willy ya tiene las manos sobre el volante.

—Metele pata nomás —dice.

Tiene unas ganas tremendas de llegar a casa.

RELATOS DISPERSOS

La mujer del capataz

Sentados uno a cada lado de la cama matrimonial, Jana Rietter y yo velamos al herido. La luz amarilla de la lámpara a querosén le da un aspecto fantasmal a la habitación. Pese a los grandes ventanales de la casa abiertos de par en par, el calor sigue siendo insoportable en la medianoche. Siento la camisa empapada de sudor en la espalda y el pecho.

De a ratos, Rietter se mueve, dice cosas ininteligibles con voz pastosa y gutural, como si las palabras salieran del fondo de un pozo. Entonces ella se inclina un poco sobre él y le pone un paño recién humedecido en la frente. Eso lo calma.

La penumbra me permite mirarla sin quedar en evidencia.

Jana tiene cara de pájaro: ojos pequeños, redondos, un poco separados entre sí, brillantes; boca chica y labios finos; cuello largo. De haber sido un pájaro no hubiera sido uno demasiado bello, el color de su pelo es de un amarillo apagado y tiene la voz un poco ronca. En cambio, como mujer es bonita. Con una belleza un tanto excéntrica, es cierto: hay que acostumbrarse a verla para encontrarla linda. Seguramente porque es muy distinta a las mujeres de por acá.

La primera vez que la vi me resultó indiferente y recuerdo que me alegré de que fuera así: pensé que era mejor para ella, para el marido y para todos. Una mujer apetitosa en un ambiente puramente masculino a la larga sólo trae disgustos.

De tanto en tanto ella me mira y sonríe. Supongo que es su manera de agradecerme que permanezca a su lado. O al de su esposo.

Debajo de las vendas sucias de sangre y permanganato, a la altura del muslo, la pierna de Rietter es un amasijo de carne y tejidos rotos. Debe dolerle mucho. Si no se hubiese tomado una botella entera de whisky, estaría en un solo grito. Sin embargo, no nos ha permitido llamar al médico. No hay que armar tanto alboroto, dijo.

El alemán Rietter llegó con su esposa hace poco menos de un año para ocupar el puesto de capataz de la maderera. El anterior tuvo un accidente con una de las máquinas. Llevo la contabilidad y manejo a los obreros. Soy la mano derecha de Rietter como lo fui del otro. Fui quien los recibió y los ayudó a acomodarse en la casa que la empresa destina a los capataces. La única casa, pues el resto de los empleados vivimos en unas barracas precarias hechas con madera.

Rietter simpatizó de inmediato conmigo. No se lleva bien con los obreros, los desprecia, y está agradecido de tenerme como mediador.

Usted me evita tener que entenderme con ellos, me ha dicho más de una vez: ¿Se da cuenta de que esa gente siempre mira de reojo? No me gusta. No me gusta. Parece que mientras uno les habla, tramaran algo en contra de uno.

Pese a la simpatía que siente por mí, su actitud deja bien claro que no soy como él: de serlo, uno de los dos estaría de más aquí. Aunque, a sus ojos, y creo que esto es lo que más aprecia, yo no soy como ellos.

Quizá como muestra de agradecimiento o porque soy la única persona con la que tiene trato aquí, a poco de su llegada me invitó a cenar a su casa y desde entonces no he dejado de comer una sola noche con ellos.

Durante esas veladas hablamos de trabajo, de política y de otras cosas. El capataz es un gran conversador y siempre encuentra tema. Las referencias que hace a su pasado son vagas y nunca da precisiones acerca de los motivos que lo trajeron a trabajar aquí. Sin embargo, de sus comentarios se desprende que toda su vida transcurrió en grandes ciudades. Quizá manejó una fábrica en algún momento.

A Jana Rietter le llevó un par de meses acostumbrarse a mi presencia en su mesa. Es una mujer sumamente tímida. Aunque desde el principio me trató con amabilidad, alguna vez pensé que le molestaba tenerme de comensal todos los días, que lo veía como una intromisión y hasta un abuso de su hospitalidad. Se lo comenté al alemán y él hizo un gesto con la mano como espantando mis temores. Claro que no, dijo, usted le agrada, pero le cuesta hacerse a las caras nuevas: verá que terminan siendo buenos amigos.

Si bien no sucedió exactamente así, ella, de a poco, fue incorporándose a nuestras charlas.

Luego de la cena, nos sentábamos los tres en el porche a tomar una botella más de vino. A veces permanecíamos largo rato en silencio escuchando los sonidos del monte, oscuro, compacto, recortado contra el cielo plagado de estrellas. Alguna noche, de reojo, advertía la mano de Rietter acariciando la pantorrilla desnuda de su esposa; entonces me daba cuenta de que había llegado la hora de retirarme.

Solo, en la oscuridad de mi barraca, fumaba un último cigarrillo y me dormía pensando en el momento de intimidad que sobrevendría con mi partida y de cuyo prolegómeno acababa de ser testigo. El fragmento de piel lechosa de Jana descolgándose de los bajos de su vestido se repetía en mi cabeza hasta que me ganaba el sueño.

En medio del sopor en que se encuentra, Rietter da un manotazo en el aire y trata de arrancarse las vendas. Le sostengo con fuerza el brazo derecho unos instantes hasta que retorna a su inmovilidad. Jana me mira, alarmada, y le sonrío para tranquilizarla.

Miro la hora. Es apenas la una de la mañana. En una noche común y corriente, Rietter y yo estaríamos entrando a El Descanso, el prostíbulo distante unos seis kilómetros.

Cierta vez, haría dos o tres meses que nos conocíamos, me preguntó si yo frecuentaba el lugar. Le dije que sí. Por un momento temí que un hombre dichosamente casado como él pudiese reprobarlo, pero después de todo soy un hombre solo y no le debo explicaciones a nadie. En cambio, se le iluminó la cara: me gustaría acompañarlo, dijo. Claro, respondí, una noche de estas... ¿Y por qué no esta noche?, interrumpió.

En ese momento, su mujer ponía orden en la cocina y no pude evitar mirar en esa dirección. Ah, por Jana no se preocupe, dijo.

Por alguna razón me sentí verdaderamente fastidiado. Hoy no puedo, le dije. Está bien, dijo, lo dejamos para mañana. ¿Usted sabe manejar? Respondí que sí. Perfecto, dijo.

Ahora creo que mi enojo de esa noche tenía que ver con que había empezado a interesarme por Jana. En el fondo habré pensado que Rietter le estaba jugando muy sucio, que si yo tuviera una esposa como ella jamás se me ocurriría traicionarla con una puta. Tal vez, esa misma noche, empecé a mirar a la mujer del capataz con otros ojos.

Al otro día, como si estuviese franqueándonos la salida, Jana, apenas terminamos de cenar, se excusó diciendo que estaba muy cansada y se retiró al dormitorio luego de levantar la mesa.

Entonces Rietter y yo nos pusimos en marcha.

Mientras conducía el auto por el camino desparejo, pensé que el alemán estaba de suerte esa noche: la temprana partida de Jana nos había ahorrado la excusa que yo mismo había estado inventando toda la tarde como si fuera quien estaba en falta. Sin embargo, con el tiempo me di cuenta de que la de esa noche no había sido una simple casualidad. Un par de veces a la semana se repetía la situación: Jana pretextando fatiga y nosotros libres para irnos a El Descanso.

Por supuesto, nunca me atreví a preguntarle cómo

manejaba el asunto con su esposa. Al principio me sentía muy incómodo frente a ella, como si estuviese robándole al marido para dejarlo en los brazos de otras mujeres. Pero nada parecía haber cambiado entre ellos. Ni en Jana con respecto a mí: era la misma amable anfitriona de siempre.

No sólo a Rietter lo volvían loco las putas sino que ellas estaban fascinadas con él. Más de una vez el patrón del boliche tenía que intervenir y obligarlas a ir con otros clientes. Por ellas, podían estar toda la noche revoloteando a la vuelta del alemán, disputándose el honor de revolcarse con él en los cuartitos. Esto causaba bastante malestar entre el resto de los hombres y a menudo derivaba en episodios de violencia contra las mujeres. Nadie se hubiera animado a meterse con Rietter.

Jana sale sigilosamente de la habitación. Paso despacio la palma de mi mano por las sábanas. Sobre esta misma cama, Rietter la tiene cada vez que se le antoja. Acostado tal como está, montada en sus caderas, desnuda y sudorosa, con los pechos zangoloteándole por los vaivenes del coito.

En la oscuridad, el cuerpo blanco de Jana debe resplandecer como el de esos pequeños invertebrados que habitan lo profundo de los mares.

Durante los últimos meses llevé a diario a Rietter al prostíbulo. Hasta le presté plata. Pensaba que si se saciaba con las mujeres, después no querría tocar a su esposa. Al mismo tiempo esperaba que ella se hartara de sus escapadas. Quizá que me confiara su desconsuelo. No se me ocurrió pensar algo por demás lógico: si yo acompañaba a Rietter cada noche, a los ojos de Jana no debía ser mejor que él.

Contra mis expectativas, el matrimonio Rietter parecía marchar mejor que nunca. Aunque eran muy reservados y poco demostrativos, era evidente que no estaban montando una escena para mí, el único espectador de su vida doméstica: realmente se llevaban bien.

Esto me llenaba de rabia contra ella. Solo en mi barraca, sin poder dormir, a veces le daba la razón al capataz: me decía que Jana no debía servir para nada y que por eso él se pasaba las noches enteras en el prostíbulo. Otras, que si a Rietter le gustaban tanto las putas, no sería extraño que su mujer, en el pasado, hubiese sido una. Entonces, los celos me enloquecían: ya no me preocupaba Rietter sino la larga fila de hombres que habían obtenido fácilmente aquello que me estaba vedado. Para arrancármela de la cabeza, buscaba a otras mujeres; pero sea lo que fuera que les hiciera siempre se lo estaba haciendo a ella.

Tras estos arrebatos de furia, volvía a verla, sirviéndonos la cena o armando prolijamente un cigarrillo en la penumbra del porche y me sentía avergonzado y tenía que contenerme para no arrojarme a sus pies y pedirle perdón.

El alemán no es ningún caído del catre y hace un tiempo que me di cuenta de que conoce los sentimientos que tengo por su mujer. A veces, me da la impresión de que hasta los alienta. Quizá todo comenzó con las sesiones de fotos.

Rietter es aficionado a la fotografía. Una vez me

propuso hacerme un retrato. Dijo que tenía un rostro muy fotogénico. Luego, la sumó a Jana a esas composiciones (él las llama así: composiciones). Nos hace posar juntos, forzándonos a estar muy cerca durante largos minutos, rozándonos los cuerpos. Por lo general repetimos la escena varias veces. Reprende a Jana por no poner suficiente entusiasmo y hay que hacer todo de nuevo. Nos ha tomado decenas de fotografías, aunque nunca vi ni una sola. Yo sentado y ella de pie con sus manos descansando en mis hombros. Los dos enlazados por la cintura. Sobre el mantelito a cuadros, mi cabeza sobre su regazo, actuando un día de picnic. Pegados uno al otro, apoyados en la baranda del porche. Como si en sus manos fuésemos chicos jugando a ser esposos.

Parece que a ella no le gusta que le tomen fotos. Cada vez, la siento tensa cuando nos tocamos frente al ojo de Rietter espiándonos tras el lente de la cámara. Sin embargo, él me confió una noche que tenía una serie muy bien lograda de desnudos de su mujer. En aquel momento tuve miedo de que ofreciera enseñármelos, pero no lo hizo.

Me sobresalta la mano de Jana en mi hombro. Venga, dice. Salimos a la noche cálida. En la mesita del porche hay platos con queso, pan y escabeche de nutria. También vasos y una botella de vino.

Siéntese. Coma algo, dice: con todo esto no ha probado bocado. Es verdad. Hasta entonces no me había dado cuenta de que estaba muerto de hambre.

Ella también come un poco de queso y pan dando mordiscos pequeños. Como un pájaro.

Alrededor del farol encendido revolotean las polillas. Giran enloquecidamente, ciegas por la claridad; de a ratos alguna logra meterse por encima del tubo de vidrio y se pulveriza en la llama. Las otras parecen no advertir la inmolación de su compañera. Como tontas, se golpean contra el tubo, intentan atravesar el cerco de vidrio hasta caer en el centro mismo de la luz. Arden con un chasquido imperceptible.

Esta tarde, Rietter y yo habíamos salido de caza. Tuvimos que adentrarnos mucho en el monte, una hora larga de a pie, hasta encontrar el rastro de un chancho de monte. Entonces yo había propuesto que nos separásemos. Una medida imprudente de mi parte pues sabía que Rietter era un cazador inexperto y nunca se había topado con uno de estos animales. Pero no pensé que podía ocurrir un accidente. Es cierto que los días previos había fantaseado con la idea de que algo definitivo pudiera llegar a pasarle, pero la idea de ir de cacería fue suya. La caza no es un deporte que me atraiga, aunque en mi adolescencia lo practiqué mucho obligado por mi padre. La noche antes, Rietter había dicho: Hace un año que vivo en el monte y no hemos ido de caza ni una sola vez. Mañana mismo va a acompañarme. Me dijeron que monte adentro hay muchos chanchos salvajes. Le dije que sí, que en efecto abundaban los jabalíes, pero que yo no era un buen compañero para esos menesteres. Como cada vez que se le metía algo en la cabeza, el alemán no aceptaba un no por respuesta. Al otro día, me esperaba con las escopetas listas. Fuimos, pues.

Lo cierto es que no debí dejarlo solo. Recuerdo haberme alejado más de lo necesario del lugar.

Aunque por lo visto no lo suficiente. Escuché con claridad los gritos de Rietter y el disparo de su arma. Luego, un silencio espeso. Los ruidos del monte se habían callado de golpe. Empecé a abrirme paso por entre las ramas bajas. Con prisa, pero sin urgencia. Como si diera por sentado que estaba llegando tarde. Me acuerdo que pensé: ya está.

Cuando llegué al lugar, Rietter yacía en el suelo en un charco de sangre. El animal, también ensangrentado, apenas se movía a un metro de distancia. Me clavó un único ojo vidrioso. Rietter estaba inmóvil y con los ojos cerrados. Me incliné sobre él y los abrió de repente. ¿Dónde mierda se había metido?, dijo. Después se incorporó a medias apoyándose en los codos y miró al chancho. ¿Lo maté?, dijo: ¡Lo maté! y soltó una carcajada. Entonces, el alivio y el remordimiento desaparecieron en un santiamén y una rabia profunda y caliente empezó a subirme por el pecho. Vamos, hombre, no se quede ahí parado: no ve que tengo la pierna rota, me dijo. Lo arrastré hasta un claro y fui en busca de ayuda.

Hasta ahora, no había tenido tiempo de revivir lo sucedido. ¿Qué habría ocurrido si Rietter no hubiese alcanzado a disparar? Lo más probable es que el chancho lo hubiera matado. ¿Cómo hubiese reaccionado su esposa? Cuando llegamos con él malherido, Jana apenas había dado muestras de alarma. Por un instante pensé que ella también esperaba un desenlace esa tarde. En realidad ese pensamiento obedecía a mi deseo más que a otra cosa. Evidentemente Jana era una mujer operativa y en vez de atolondrarse y ponerse a llorar como cualquier otra en su lugar, se había aplicado a darle los primeros auxilios a su marido.

Mientras lo curábamos, el capataz me miró fijamente por dos larguísimos minutos. Tuve miedo de que sospechase alguna mala intención de mi parte. Sin embargo se echó a reír y dijo: ¿Se pensó que estaba muerto? Usted no me conoce: se necesita más de una bestia de esas para sacarme del medio, ¿verdad, Jana? Me ruboricé, aunque era sólo un comentario. Enseguida dijo: Ah, Jana, debemos agradecer que nuestro amigo estuviera cerca: de no ser por él me habría desangrado en ese monte. Ella sonrió.

¿Tiene fuego? Su voz me trae otra vez a su lado. Deben ser alrededor de las cuatro de la madrugada. Por encima del monte, el cielo tiene ese color incierto de la hora previa al amanecer.

Sin darme cuenta nos hemos terminado la botella de vino, entregado cada uno a sus propios pensamientos. Los suyos no los conocería nunca. Jana Rietter es una mujer inasible.

Por la mañana voy a buscar al doctor Malthus, le digo.

No me agrada Malthus, dice.

Es un buen doctor, digo.

Mi marido también lo aprecia, dice. Y al cabo de un momento: Está bien, tráigalo.

Cuando termina su cigarrillo, se pone de pie y entra en la casa. La alcanzo en el medio de la sala y la tomo en mis brazos. No hay sorpresa en sus ojos; sólo algo parecido a la curiosidad. La beso y la boca de Jana Rietter se abre bajo la mía naturalmente. Es húmeda, caliente y dulce. Su lengua tiene un regusto a vino y a tabaco. Aquel beso dura apenas un instante, pero me parece el más largo que haya tenido en la vida.

Luego me separa con firmeza. Váyase, ordena.

Antes de irme, echo un último vistazo por la puerta abierta del dormitorio. En la mitad de la cama, Rietter parece por fin haber conciliado el sueño.

El incendio

Acodada en el muro que rodea la terracita, mira hacia el monte lejano, metido como en un espejismo. Es el fuego otra vez. Otro incendio. Ahora un poco más cerca de la estancia. Bajo el sol del mediodía las llamas no se distinguen, pero hay algo que sube, como un vapor, desde el corazón mismo del monte. Y el olor del humo que llega, intermitente, según las vueltas que pegue el aire, casi quieto.

La semana pasada hubo otro, más lejos, pero duró poco porque llegaron las lluvias. Ahora, el día luminoso, de postal turística, no promete esa chance.

Se apoya sobre los antebrazos y mira hacia abajo. Lo ve a Ayala, en cuclillas, le ve el sombrero y la espalda encorvada, cerca de una de las ventanas del frente, como si estuviese espiando.

—¿Qué hay? —le grita.

Él se incorpora y da un paso atrás para poder ver la cabeza que asoma en la terraza.

—Venga —dice y acompaña la invitación con una mano.

Seda se arrepiente de haberle hablado, no tiene ganas de bajar ni de conversar ni de nada. Pero entra en la casa y baja: atraviesa el living, de reojo ve los ceniceros llenos y los vasos vacíos, los discos fuera de sus cajas, el desorden.

Afuera, Ayala la espera. A su lado, en el piso de la galería, hay una ristra de ajos. En su mano, una cabeza grande, medio aplastada. Se la muestra.

—Lo estoy frotando en los marcos —explica— para que no entren las culebras.

Ella lo mira sin terminar de entender.

Él señala para el lado del monte.

—El incendio las va a sacar afuera, van a buscar las casas para ampararse del fuego. El olor del ajo las ahuyenta...

Seda no les tiene miedo a las víboras. Las de la zona son inofensivas. La mayoría al menos. Aunque dos por tres aparece alguna yarará. Pero pensar en un puñado de ellas retorciéndose sobre las baldosas, queriendo entrar, le revuelve el estómago. Deben ser cuentos de Ayala, supersticiones de gente bruta. Hace un gesto en el aire con la mano y después se la lleva a la sien, tratando de recordar qué tenía que preguntarle al capataz.

—Las chicas —dice por fin— no vinieron todavía... la casa está hecha un despelote.

Ayala se encoge de hombros. Las chicas son sus hijas.

—Pero si se fueron al pueblo. Las mandó Santiago esta mañana. Para que vayan a comprar las cosas para la fiesta.

Claro, la bendita fiesta, piensa.

—¿Y Santiago? ¿Lo ha visto?

—Esta mañana temprano, le digo.

—¿Se fue al pueblo también?

—No. Salió a cazar con el chico.

El chico también es hijo de Ayala, pero el capataz nunca lo quiso ni lo crió.

—No se habrán metido... —dice Seda mirando hacia el incendio.

—No. Se fueron para el otro lado. Dicen que a cazar, pero no sé qué van a cazar a esta hora. Como no sea que se cacen entre ellos...

Termina la frase y se pasa la punta de la lengua por los labios, disimulando una sonrisa. Ella no dice nada, pero siente que los colores le suben a la cara.

—Deje eso, Ayala. Prefiero las culebras a ese olor a ajo —le ordena y entra en la casa, azotando la puerta.

En la cocina se sirve un vaso con agua y, por la ventana, lo ve irse, con paso largo y la ristra de ajos colgando de una mano, como una fusta.

Ayala debe tener la misma edad que Santiago, aunque parece un poco mayor por el trabajo a la intemperie y la vida que ha llevado. Sin embargo es un hombre apuesto. Es raro que no haya vuelto a casarse, sobre todo habiendo enviudado joven y con hijos tan chicos.

Cuando a ellos se les murió su hijo, el capataz se encargó de todo. Ellos estaban tan descolocados que no sabían ni por dónde empezar. Ayala hizo todos los arreglos y hasta se ocupó del caballo. Aunque no tenía la culpa —una víbora lo había asustado y el corcoveo hizo volar al nene por el aire y una piedra filosa terminó de provocar la desgracia—, Ayala despenó al animal de un tiro.

—No iba a ayudar que lo vieran todos los días —les explicó después— por más que haya sido un accidente.

En aquellos días, Seda había buscado apoyo en el hombre que había perdido a su esposa hacía algunos años, pensaba que él sí era capaz de entenderla o de ayudarla a entender cómo seguía la vida sin su hijo. Pero él la había apartado con suavidad y firmeza. Ayala estaba para resolver cosas prácticas, sabía de eso y para eso le pagaban.

De algún modo, ella nunca se lo perdonó. Se sintió humillada. Sintió que su desgracia era poca cosa para ese hombre.

Conocía a la difunta mujer de Ayala. Era una muchacha agradable y trabajadora. Aquel año, el último año de la pobre chica, las había encontrado a las dos preñadas. Se habían medido las panzas con un piolín, casi las dos del mismo tamaño, aunque la de Seda era más puntiaguda como la de todas las primerizas. Su hijo nació unos días antes, en un sanatorio de Buenos Aires. Pasó un tiempo hasta que Seda volvió a la estancia, con el bebé en brazos. Entonces se enteró de que la esposa de Ayala había muerto en el parto. El chico sobrevivió, pero el capataz no podía ni verlo, así es que se lo dio a una cuñada para que lo criara.

Años después, cuando el accidente con el caballo, Seda pensó si a Ayala se le habría cruzado por la cabeza también despenar a la criatura recién nacida. De haberse enterado enseguida, le habría pedido al bebé para criarlo ella. Entre criar uno y dos, era lo mismo, le había dicho a Santiago. Quizás todavía estaban a tiempo, tal vez si se lo pedían a la cuñada de Ayala... pero su marido se había negado: no hay que mezclar la hacienda, dijo, eso nunca sale bien.

Ayala revolea la ristra de ajos sobre la mesa del patio, sobresaltando a uno de los perros que duerme abajo.

—Si una culebra se le mete en la cama, que se joda —murmura.

Saca el tabaco y el papel del bolsillo de la camisa y se arma un cigarro. Mira para el lado del monte. El incendio pasado seguro fue espontáneo, provocado por la sequía y el tremendo calor, pero a éste le desconfía. La semana pasada encontró rastros de cazadores furtivos. Pelotudos que se meten en las propiedades sin permiso y pasan la noche, apagan mal las fogatas o tiran colillas todavía prendidas.

Se lo advirtió a Santiago, pero no le dio importancia. Mientras los montes que se incendiaran no fueran los suyos, no le importaba. Sin embargo, éste estaba más próximo que los anteriores.

Enciende el cigarro. Pita. En la terraza, Seda hace lo mismo: fuma un cigarrillo y da vueltas. La conoce desde que era una muchachita menor que sus hijas. Cuando Santiago la trajo por primera vez, él y el patrón todavía eran amigos. Santiago todavía no era el patrón sino el hijo y los dos se habían criado prácticamente juntos. Si hasta habían debutado con la misma puta. Ayala un poco antes, aunque esa noche le hizo creer que también era su estreno y lo había dejado pasar primero. Cuando le tocó a él, la puta todavía estaba enchastrada con la leche de Santiago.

Dios le da pan al que no tiene dientes, piensa. No porque haya deseado alguna vez que Seda fuese su mujer, sino porque a la suya se la habían quitado y Santiago no sabe cuidar lo que tiene, ni la hembra ni el campo.

Después se habían distanciado. Incluso antes de que el otro fuera definitivamente el patrón, ya estaban distantes. Él criaba hijos y trabajaba de sol a sombra. A los de su clase no les queda más remedio que hacerse hombres antes.

Apaga el pucho con la punta de la bota y monta su caballo. Salen al galope corto a pegar una recorrida. A los peones no hay que quitarles el ojo de encima porque enseguida se echan a la vagancia. Con más razón hoy, todos alborotados con la perspectiva de la fiesta. Y ni pensar mañana, con la resaca encima.

Está harta del campo, del verano que no termina nunca. Varias veces agarró el tubo para llamar a su hermana o a alguna amiga para que le contara algún chisme de la ciudad, alguna cosa divertida o trágica, algo que la haga reír o compadecerse o consolarse pensando que hay gente a la que le va peor. Pero es enero y probablemente no encuentre a nadie: que el teléfono suene y suene en las habitaciones vacías o, en el mejor de los casos, la atienda una mucama que justo ese día fue a limpiar y ventilar una casa que por varias semanas no usará nadie.

Antes ella era igual a las demás. Desaparecía todo enero y hasta febrero. Playa, mar, libros, caminatas, cenas en restaurantes de moda, tiendas. Mirar a hombres jóvenes y ricos, o jóvenes y pobres a la caza de mujeres solas y con dinero. Observar cómo los hijos de todas crecían alegres y despreocupados, caprichosos, insolentes. Pero desde que el suyo murió, le perdió el gusto a todo eso. A todo, en realidad. Y los viajes al campo se hicieron más frecuentes. Al principio siempre la acompañaba alguna amiga, pero pronto se cansaron. El campo es aburrido y la casa, que había sido confortable, con el tiempo también empezó a arrumbarse, como su vida.

Tal vez podría agarrar el auto e ir hasta el pueblo a ver si las encuentra a las hijas de Ayala. Mira la hora. No, si se fueron temprano como le dijo el capataz, ya deben estar pegando la vuelta.

Abre todas las ventanas. Aunque el aire de afuera traiga el olor a humo del monte, lo prefiere al olor viciado, mezcla de tabaco y alcohol, que flota en el living como el recuerdo de una mala noche. Ella también estuvo bebiendo, fumando y escuchando música con Santiago y el chico. Se dijo que se quedaba porque es la dueña de casa y la esposa de Santiago, que se quedaba defendiendo su territorio. Pero en el fondo sabe que se queda porque no tiene adónde ir. No hay nada que defender: no se defiende algo en lo que no se cree. A su matrimonio hace tiempo que no se lo cree nadie.

Anoche Santiago salió con que quiere llevarse al chico a Buenos Aires, con ellos. Ella sonrió y se encogió de hombros. Son puras habladurías. Santiago no tiene las pelotas para llevarse al chico. Acá en el campo es otra cosa, acá manda él y nadie lo cuestiona. Pero allá, en la ciudad, no soportaría el escándalo.

Cuando lo escuchó decir esto, el chico sonrió y se estiró en el sofá, levantó los brazos delgados, desperezándose, la remera se le levantó enseñando el vientre plano, los huesos de la cadera sobresaliendo por la cintura del jean y una sombra de vello oscuro perdiéndose debajo de la bragueta.

Pobre, pensó Seda.

Pobre, pensó el chico.

Agarra los vasos y los lleva a la cocina. Vuelve con una bolsa y adentro vacía ceniceros y mete botellas. Trae un trapo húmedo y limpia la mesa, sacude los sillones, pasa la escoba. Se cansa porque lo hace todo rapidísimo, pero se siente bien.

No conforme con su silencio, con su sonrisa, Santiago la chuceó:

—¿No te acordás de que cuando era un bebé te lo querías llevar? Y bueno, ahora que está crecidito va a dar menos trabajo.

Soltó una carcajada y le palmeó una pierna al chico que lo miró, cómplice. Seda piensa que una complicidad parecida habría tenido con el hijo si no hubiese muerto. Aunque el nene era muy pegado a ella: sabe, por amigas que tienen varones, que en la adolescencia tejen alianza con el padre. Se habrían burlado de ella y ella lo habría comprendido como parte de la iniciación de su hijo. Sin embargo, el chico no es su hijo ni Santiago el padre. Anoche no se burlaban, la estaban humillando.

No le importa con quién se revuelque su marido. Hace años que eso la tiene sin cuidado. La lastima sí que sea con ese muchacho que ella, de buena gana, habría criado como propio.

Al rato, anunció que se iba a dormir. No le prestaron atención, entretenidos en una charla o en un monólogo de Santiago que el chico seguía con arrobamiento. No sabía ni de qué hablaba pues a ella la habían dejado afuera hacía rato.

En su recorrida Ayala se topa con su patrón y el chico. Vienen los dos riendo, con las remeras y las escopetas al hombro. Santiago lo saluda con la mano y no le queda otra que frenar el caballo. Mientras los espera, arma un cigarro. No tiene ganas de fumar, pero quiere hacer algo, poner la atención en otra cosa que verlos llegar, alegres como dos jovencitos. Camaradas como solían ser Santiago y él de muchachos.

—¿Cómo va eso? —pregunta el patrón, dando palmaditas en el cogote del animal.

—Bien, bien... —responde mientras le pasa la lengua al cigarro.

Lo enciende y suelta el humo, lo mira sólo a Santiago, como si el otro no existiera.

—¿No hubo caza? —pregunta.

—No... fuimos a tirar unos tiros nomás.

Ayala sonríe.

—Claro —dice.

Después Santiago le habla de unas cuestiones de trabajo. Mientras charlan, de reojo, ve que el chico se arrima y acaricia las ancas de su caballo. Le molesta que haga eso. Lo fastidia tenerlo tan cerca. De buena gana le daría un rebencazo en la jeta.

Fueron las hermanas las que empezaron a traerlo, de a poco, hace un tiempo. El chico vive en el pueblo con su tía y, de no ser en algunas reuniones familiares, cada vez más espaciadas en los últimos años, Ayala no tenía por qué verlo, ni acordarse de que existía. Todos los meses le pasaba plata a su cuñada para los gastos de manutención y punto. Los hermanos lo veían de vez en cuando, pero siempre iban solos. Él los dejaba en la puerta y a las horas los pasaba a buscar.

Pero los varones, de más grandecitos, dejaron de ir. No se entendían con el chico. Las mujeres siguieron yendo y ahora que lo piensa la culpa de que el chico sea como es la tienen sus hijas y su cuñada solterona, siempre entre sus polleras, qué se podía esperar.

Las chicas ya tienen veintipico y se imponen. Con los años fueron ocupando el lugar de la madre y hacen y deshacen a su antojo. No tiene caso llevarles la contra porque siempre se salen con la suya. Así fue que empezaron a traerlo y después el chico empezó a venir solo. Él lo ignora, pero al guacho parece divertirle que lo ignore. Viene a propósito, para molestarlo. Los otros varones ya no viven en la casa, así es que es él solo, Ayala, contra las hijas y el chico. Y sabe que con ellas no se puede.

Empezó a aceptar su presencia como se aceptan las cosas que no nos gustan pero con las que tenemos que convivir. Recién este verano Santiago reparó en el chico y ahora sí que se arrepiente de no haber hecho lo que tenía que hacer. Este chico sólo vino al mundo para hacer daño.

—Bueno, andá nomás —dice Santiago y lo saca de ese caldo de rabia en el que andaba chapoteando.

Se toca el ala del sombrero con un dedo y talonea el caballo y se aleja.

Seda toma sol en la terraza. Tumbada de espaldas sobre una reposera, se frota los pechos y la panza con bronceador. Siempre tuvo las tetas demasiado grandes para una contextura física tan delgada. Quien viera su cuerpo, así cubierto sólo por la bombacha, no adivinaría que tuvo un hijo. Y eso le duele. Que no le hayan quedado huellas de su maternidad en el cuerpo. Lo que otras desprecian, porque tienen a sus hijos todos los días para recordarles que son madres, ella lo echa en falta.

Al principio se cuidaba de que no la viesen los peones. Ahora le da lo mismo. Si quieren engordar la vista un rato, que lo hagan.

El sol fuerte la adormece. No sabe cuánto tiempo pasa hasta que la saca de la modorra el griterío juguetón que viene de abajo, del tanque australiano. Ruido de chapuzones, agua en movimiento, risas. No tiene que asomarse para saber que son Santiago y el chico, que volvieron de cazar.

Estuvo años insistiéndole a Santiago para que construyeran una piscina. El tanque australiano es muy profundo y le daba miedo por su hijo, que un día, solo, se metiera o se cayera. Al fin y al cabo, lo tan temido sucedió, pero el agua no tuvo nada que ver. Después dejó de insistir.

En vez de la pileta a él se le ocurrió hacer el estanque artificial para cultivar patises. Pero el entusiasmo le duró poco, así es que ahora el arroyito es una zanja con dos dedos de agua, un rejuntadero de mosquitos y sapos.

Seguido tiene un sueño. ¿O es una fantasía recurrente? No sabe. Sus meses en el campo son como una larguísima ensoñación, una anestesia general que no le permite asegurar cuándo está dormida y cuándo está despierta. Pero hay una escena que se repite.

El arroyo es otra vez arroyo, como en los viejos tiempos. En el agua cristalina se reproducen los patises. Si uno se acerca, puede verlos moverse bajo la superficie, el lomo amarronado con destellos de plata, los bigotitos. Siempre es de noche y hay luna llena. En la orilla crecen, soberbias, las cortaderas con sus penachos blancos, altos como turbantes. Y las lentejas de agua forman un cordón en los bordes, delicadas como encajes.

Seda se ve emerger del arroyo, desnuda, con el cabello pegado al cráneo y a los hombros como un mantón de algas. Entonces una mano áspera la agarra, por detrás, del cuello. Con su peso la obliga a echarse boca abajo. Siente cómo las tetas se le hunden en el limo, el barro fresco metiéndose en la raja de adelante y a la otra mano untándole con el mismo barro el agujero del culo y metiéndole la pija a los barquinazos.

Quiere gritar, pero la mano del cuello va a la nuca y empuja y le aplasta la cara y la boca se le llena de pasto y tierra húmeda.

Nunca llega a ver su cara, pero cuando vuelve en sí está excitada, los pezones duros, la concha le late como si entre las piernas tuviera una bomba.

El chico se agarra del borde del tanque con los sobacos y patalea en el agua que está helada. Es tan profundo que el sol nunca llega a calentar más que la superficie. De la cintura para abajo tiene frío y agradece no haberse sacado el calzoncillo, porque ahora

Santiago está buceando, lo siente pasar entre sus piernas como un tiburón, y no le habría gustado que le viera la pija encogida por la temperatura.

En cambio el sol le arde en la cara y llena de resplandores el agua. Cuando era más chico y empezó a venir a la casa de su padre, en el verano, miraba con codicia el tanque. Sin embargo, tenía prohibido acercarse al casco de la estancia. Una estupidez porque los patrones ni siquiera estaban en el campo.

Y pensar que ahora está metido en el agua con el patrón. ¿Qué pensará su padre, el capataz Ayala? Santiago le contó que, de muchachos, eran inseparables, carne y uña. No se atrevió a preguntarle si la relación había sido como la de ellos ahora. No porque Ayala le inspire respeto. Lo odia, en realidad, por lo que le ha hecho: por haberlo abandonado, desterrado casi, apenas nacido. Sino por temor a que la respuesta fuera afirmativa. No quería nada que hubiese pertenecido a su padre. Si pudiera escupiría cada sitio por donde pisa el desgraciado.

Cuando se vaya a Buenos Aires, como se lo prometió Santiago, ya no tendrá que verle la cara a ese infeliz. O sí, pero volverá sólo para darle órdenes que Ayala tendrá que cumplir sin chistar. Cuando regrese será como la señora del patrón. La patrona, piensa y suelta una carcajada.

Santiago rompe con la cabeza la superficie del agua y aparece frente a él, pegado casi.

—¿De qué te reís, pendejo? —le dice sonriendo él también, con esos dientes blancos y fuertes que tiene y que resaltan en su cara bronceada, con algunas arrugas finitas.

—Pavadas —responde y echa la cabeza para atrás mientras Santiago le acaricia el culo por debajo del agua—. Tengo hambre —murmura.

—Yo también. Me comería un buey —dice Santiago y la mano pasa del culo al bulto del chico que crece y se endurece con la caricia.

—Cojudo —dice el chico.

Seda fuma, recostada en la baranda de cemento de la terraza. Es de noche y, allá a lo lejos, a varios kilómetros, se reflejan las llamas del incendio contra el cielo negro, estrellado. Hace un rato escuchó sirenas y Ayala le comentó que los bomberos de la zona estaban trabajando para contener el fuego. Bomberos y gente voluntaria.

Del lado del estanque seco, también se ve una fogarata. Pero es para asar la vaquillona que Santiago mandó sacrificar para los comensales de la fiesta: Ayala, los peones, ellos y algunos conocidos del pueblo, viejas relaciones. De este modo, con un asado cada tanto, Santiago se mete a la peonada en el bolsillo, se asegura su lealtad... aunque al que temen y respetan de veras es al capataz.

De un lado le llega el olor a distintas maderas que arden, árboles enteros, yuyales y hasta animalitos que quedan atrapados en el fuego. Del otro, el olor a los gruesos troncos de ñandubay que se van transformando en brasas duras, alimentando lento y parejo las parrillas.

Ya no se escuchan las sirenas ni nada que venga del lado del monte. Pero Seda puede imaginarse el ir y venir de hombres con mangueras, baldes, arena, todo lo que sirva para sofocar un incendio. Desde abajo sí llega la música de los guitarreros contratados en el pueblo, que se van entonando a medida que las jarras de vino pasan de mano en mano. Las carcajadas y la charla a los gritos de los peones. La risa chillona de alguna mujer. Las hijas de Ayala y las amigas que siempre traen para entretener a la muchachada.

De golpe, el contacto helado en el brazo la sobresalta. Es Santiago, descalzo, con short y remera y dos vasos de gin tonic. Le alcanza uno y enseguida choca su vaso contra el de ella.

—Estás linda —le dice y sonríe.

Seda también sonríe y agradece que esté oscuro porque los ojos se le llenan de lágrimas. Él pega un salto y se sienta en la baranda, frente a ella. Le pide un cigarrillo y ella prende dos al mismo tiempo, como en las viejas épocas. Fuman.

—Vamos a estar bien —dice él, echando el humo hacia arriba.

Le gustaría creerle. Le gustaría odiarlo con todo su corazón. Pero no puede nada. Él no tiene la culpa. A su manera la quiere como ella también lo quiere, como se quieren dos huérfanos que sólo se tienen el uno al otro. Es raro que uno cuando pierde a un hijo se sienta así, huérfano, solo en el mundo, dejado de la mano de dios. Huérfano es un decir porque, en realidad, no hay una palabra, no hay porque no es lógico que los hijos se mueran antes, porque si no se puede nombrar, tal vez no suceda nunca.

—Me voy a bañar que ya están llegando todos. ¿Me esperás? —dice y baja y tira la colilla encendida de un tincazo y ella la busca con el pie para apagarla, porque él está descalzo.

Bebe su trago, espera que el alcohol la anime un poco. Espera que Santiago haya invitado a los hombres solos, no tiene ganas de parlotear con las otras mujeres que siempre terminan hablando de lo único que tienen: sus hijos.

Ahora sí escucha los pasos y gira la cabeza y lo ve venir al chico que le sonríe con una sonrisa franca. Y sí, piensa, tiene diecisiete años, no es malo, es sólo un chico. Entonces se la devuelve y le pregunta cómo está.

—Bien —responde y se quedan callados, sin saber qué más decir.

Así es que se acodan los dos en la baranda y miran el resplandor anaranjado que le da al cielo, allá a lo lejos, la apariencia de un amanecer.

Los guitarreros cabecean sobre sus instrumentos. Fueron desplazados por el equipo de música y las cumbias que todos prefieren a la hora del baile. Seda está medio borracha y baila con las hijas de Ayala y las amigas y el chico que es un gran bailarín. De a poco también se van animando los peones a entrar en la pista improvisada. Son chúcaros, pero el vino ayuda y enseguida se menean al son de la música contagiosa y agarran ya a una, ya a otra, también a ella que es una más, a estas horas.

Santiago se divierte y conversa con sus invitados, comerciantes y otros ganaderos de la zona, el presidente de la cooperativa, un concejal. Vinieron todos solos, quizá con la intención de terminar la noche revolcándose con alguna de las chicas.

El único que mira la farra desde afuera es Ayala.

Está chupado, aunque no se le nota. Pero él sabe que está mamado, siente la rabia golpeándole el pecho mientras lo ve bailar al chico, quebrarse en el baile como una muñequita. La rabia queriendo salir toda para afuera de una vez. La cabeza le zumba y se le atropellan las imágenes adentro. Cómo la alegría de un hijo en camino terminó en tragedia. Cómo el chico se pavonea con Santiago, el que supo ser su amigo, su hermano, culo y calzón, cómo se pavonea el mocoso como si ya fuera el patrón. Cómo le roba el cariño de sus hijas. Cómo le arruina la vida a Seda, pobrecita, con todo lo que ha sufrido. Cómo él, Ayala, puede ser capataz de la estancia si no es capaz de manejar sus propios asuntos.

Se le viene un pensamiento negro. Se acuerda del caballo que mató al hijo de los patrones. De cómo él hizo lo que había que hacer. De cómo se reprocha constantemente no haber hecho lo que tenía que hacer hace diecisiete años. De cómo seguir viéndolo, día tras día, no ayuda.

Entonces da un par de zancadas y se arrima al baile. Le da a su hijo el primer y último abrazo de su vida. Lo atrae con firmeza y lo pega a su pecho y cuando el chico se arquea, lo sostiene para que no se suelte y lo mantiene abrazado hasta que siente la mano húmeda, pegajosa.

El griterío se mezcla con la cumbia. Pero todo lo escucha lejano, como si estuviera sucediendo en otra parte.

Alguien llama desde alguna parte

Era una mañana soleada. Aunque ya había comenzado el invierno, la temperatura era agradable, todavía otoñal.

Lidia Viel tomaba un café negro sentada a la mesita de la cocina. Desde allí, por el gran ventanal que daba al jardín, observaba al muchacho que cortaba el césped. Él y su hermano hacían trabajos de jardinería en el barrio. Lidia Viel los llamaba una o dos veces al mes, dependiendo de la estación. En el verano venían hasta tres o cuatro veces en un mes porque también se ocupaban de mantener la pileta. Casi siempre venía este, Juan, y cuando no podía lo reemplazaba el hermano. Lidia lo prefería a Juan. El otro le daba la impresión de estar siempre apurado y algunas veces dejaba cosas a medias.

El chico iba y venía por el jardín empujando la vieja cortadora, pesada y ruidosa. Una vez Lidia le había preguntado si no le gustaría tener uno de esos tractorcitos para cortar el césped. Él había dicho que no, que las máquinas viejas son mejores. No era de mucho hablar.

Esa mañana Lidia no tenía ganas de hacer nada. Si

no hubiese sido por los trabajos en el jardín, se habría quedado en la cama hasta el mediodía. Tenía que corregir unos exámenes de inglés, pero podía hacerlo esa noche en la escuela en una hora libre que tenía entre clase y clase. Era un multiple choice que se corrige rápidamente. Desde que sus hijos se habían ido a estudiar afuera, tenía mucho tiempo libre. Algunas noches, después del trabajo, ella y un par de amigas se iban a un bar a charlar y tomar una cerveza. O se juntaban a comer y jugar a las cartas. Luego de la separación no había vuelto a formar pareja. De vez en cuando salía con algún tipo, pero nada serio.

El sonido del teléfono la sobresaltó. Antes de atender se sirvió más café y prendió un cigarrillo: si era una de sus amigas, estarían un buen rato hablando. A esa hora no podían ser los chicos, que siempre llaman a la noche o los fines de semana, cuando la comunicación es más barata. Levantó el brazo para tomar el tubo del aparato adosado a la pared.

—Hola —dijo.

Le respondió la voz desconocida de un hombre joven.

—Lidia Viel ¿se encuentra? —preguntó.

—Sí, ella habla. ¿Quién es?

El muchacho no contestó enseguida. Debía estar llamando desde un teléfono público, pues Lidia escuchó ruido de autos. Sin embargo, no parecía estar en una ciudad sino cerca de una autopista. El sonido de los coches circulando a una gran velocidad se oía nítido.

—Hola —dijo otra vez Lidia, levantando un

poco la voz—. Dígame. —Aunque se notaba que era muchísimo más joven que ella, no quiso tutearlo de buenas a primeras. Quizás era un vendedor y si le daba confianza después sería más difícil sacárselo de encima. Aunque un vendedor no estaría llamando desde un teléfono público.

—Sí —respondió el muchacho aclarándose la garganta—. Estoy acá.

—Bueno, entonces: lo escucho.

El jardinero había apagado la máquina. El ruido de los vehículos, del otro lado de la línea, se escuchaba con más fuerza.

—Le parecerá raro —dijo el joven. Lidia le dio una última pitada al cigarrillo y lo aplastó en el cenicero. Con el tubo en la oreja se puso de pie y fue hasta la ventana. El cable del aparato era muy largo y le permitía moverse sin problemas. Juan había dado vuelta la cortadora de césped y parecía estar revisando las cuchillas. Lidia golpeó el vidrio con los nudillos y él alzó la cabeza para mirarla. Con una seña le preguntó si pasaba algo. El chico levantó un pulgar dando a entender que todo estaba en orden. Tal vez la cuchilla se había trabado con una piedra o algo así.

—Hola. ¿Todavía está ahí? —preguntó secamente—. Si no habla, voy a colgar.

—No, por favor —rogó la voz del otro lado—. Discúlpeme, es algo delicado… no sé por dónde empezar.

Lidia sintió un frío en el estómago. Se sentó y prendió otro cigarrillo.

—Hable —dijo bruscamente.

—Yo creo que usted es mi madre —disparó el muchacho sin respirar.

Juan echó a andar otra vez la cortadora alejándose hacia el extremo del jardín. El ruido de la máquina se fue atenuando a medida que se alejaba hasta ser sólo una vibración, un zumbido.

Lidia se quedó medio pasmada. Enseguida sintió un gran alivio. Por un momento pensó que había ocurrido algo con sus hijos, un accidente de tránsito, alguna cosa horrible. Lo que acababa de escuchar le causó gracia y estupor. Creyó que había entendido mal, así que dijo:

—¿Cómo?

El chico no respondió de inmediato, sin embargo todavía estaba ahí; Lidia podía sentir su agitación. Escuchó también las maniobras de un camión, de los grandes, con acoplado. Supuso que la estaba llamando desde una estación de servicio al costado de la ruta. A Lidia siempre le provocaron una profunda desolación esos parajes en el medio de la nada. Los grandes carteles de neón descoloridos y zumbones que permanecen encendidos hasta bien entrada la mañana. Incluso los días soleados esos sitios adolecen de una tristeza quieta, inconmensurable.

—Que creo que usted es mi madre. —El muchacho pronunció cada palabra lentamente, tratando de hacerse oír por sobre el ruido de los motores, cada vez más cercano.

—Lo siento —dijo Lidia Viel—. Pero estás en un error. Sólo tengo dos hijos y siempre han estado conmigo. Lo lamento.

El chico volvió a quedarse callado. Lidia sintió

que debía decir algo más, pero la verdad es que no tenía nada más para decir. De todos modos repitió: lo siento.

—Disculpe —dijo él y colgó.

Lidia Viel se quedó unos segundos con el tubo puesto entre el hombro y la cabeza, aunque el otro ya había cortado y no se oía nada más.

Aquel llamado era la cosa más extraña que le había sucedido. Se quedó un poco descorazonada. Pensó en ese chico que debía tener la edad de su hijo mayor o cuanto mucho un par de años más. Aunque nunca bebía por las mañanas, ahora necesitaba una copa. Todavía le duraba la sensación espantosa de haber creído, por un momento, que la llamaban para avisarle que algo les había ocurrido a sus hijos. Se sirvió un poco de whisky con hielo y volvió a sentarse en el mismo lugar.

En una de esas no debería haberlo dejado cortar así, pobre muchacho. Quizás debería haber mantenido una conversación con él, haberle preguntado de dónde había sacado que ella podía ser su madre. Estaba claro que todo había sido un gran error, que no era ella la Lidia Viel correcta. Así que había otra mujer con su nombre o uno muy parecido. Darse cuenta de esto también le resultó inquietante, pero siguió pensando en la charla telefónica. Tal vez, de haber indagado un poco más en la cuestión, podría haberlo ayudado. Aunque no se le ocurría cómo. También podía ser que mostrarse interesada confundiera más al chico: podría pensar que ella sí era su madre y que sólo estaba haciendo preguntas para ganar tiempo.

Por lo menos debería haberle preguntado su nombre. No costaba nada y hubiese sido más amable. Era una pena haberlo dejado así. Quizás el suyo era el único teléfono de una Lidia Viel que el chico había conseguido y ahora ya no le servía de nada y tendría que empezar de nuevo. Vaya a saber cuánto tiempo hacía que tenía ese número anotado en un pedazo de papel, guardado en la billetera; cuántas veces antes habría marcado y cortado hasta juntar valor y esperar que alguien le respondiese. Ahora estaba en cero otra vez.

En una de esas volvía a llamarla. De estar en lugar del chico, ella insistiría. En estos casos, ante un llamado así, debía ser bastante común, hasta lógico que la mujer se asuste y niegue todo. Pero un muchacho joven no puede saber lo que pasa por el corazón de una mujer madura.

Lidia miró por la ventana. Juan había terminado de cortar el pasto y pasaba la escoba de alambre. Trabajaba con auténtico esmero. No como su hermano. Había pensado decirle que aproveche y pode los fresnos, pero se veían tan lindos con sus grandes copas amarillas recortadas contra el cielo azul que sería una lástima. Después de todo, las hojas se caerían solas a medida que avanzara el invierno.

Un verano

Con el primo se conocían de vista; sus madres estaban distanciadas desde hacía tiempo, no sabía por qué ni desde cuándo. Pero esa vuelta, cuando se toparon en el parque de diversiones, los dos solos, sin amigos, se saludaron y simpatizaron enseguida. Empezaron a juntarse a la hora de la siesta y el primo le enseñó a disparar. Su madre nunca supo que había sacado la escopeta de su padre del escondite (la caja del vestido de novia, con el vestido de novia como mortaja, en la parte más alta del ropero). A ella no le habría gustado. Decían que el marido se le había muerto limpiando esa escopeta. Iban a practicar en los terrenos abandonados del ferrocarril.

La primera vez que salieron a cazar, desde el otro lado de la ruta, le llamaron la atención, en el montecito bajo, las copas salpicadas de cosas blancas, como bolsas de nylon o papeles que el viento hubiera ido depositando entre las ramas. Antes de cruzar miraron para los dos lados, venía un camión, así que esperaron. Cuando pasó, el chofer hizo pitar la bocina que sonó como el mugido de una vaca y sacó la mano por la ventanilla, saludándolos. No que los conociera. Pero la gente que anda en la ruta es así, le toca bocina y saluda a todo lo que se mueve. De puro aburrimiento será.

Cuando la culata del acoplado terminó de pasar, contoneándose pesada, tuerta de una de las luces, volvieron a mirar para los dos lados y cruzaron al trotecito el asfalto que aún debía estar caliente, aunque el sol había bajado casi por completo. Se detuvieron nomás empezaba la banquina y el primo disparó al aire.

Entonces pasó lo que pasó: tras la detonación, eso que había en los árboles, ffsshshshsssshhhh, se levantó como espuma. Era un dormidero de garzas. Enseguida acomodó la escopeta, eran tantas y estaban tan a tiro que la caza era segura. Pero el primo le bajó el caño de un manotazo.

—Es mala suerte matar una garza —dijo y se sentó sobre el pasto. Él hizo lo mismo. El primo era más grande y él lo copiaba en todo, quería ser así cuando tuviera su edad.

Las garzas quedaron suspendidas entre el montecito y el cielo encendido, un momento, como relojeando. Y otra vez se dejaron caer sobre las copas, ocupando sus sitios entre el ramerío.

El primo sacó dos cigarrillos del atado y los encendió poniéndose los dos en la boca al mismo tiempo. Después le pasó uno. Nunca había fumado así que se atoró con la primera pitada, de angurriento y emocionado. Después le agarró el gusto.

El primo era callado. Así debía ser un hombre, creía él, de pocas palabras. Y aunque tenía ganas de soltar la lengua y preguntarle un montón de cosas, no abrió la boca; mirando de reojo hizo lo mismo que hacía el otro.

Un nuevo camión pasó, tan cerca, que sintió el vientito de la velocidad cortándole los pelos de la nuca. Pero este no tocó bocina. No los habrá visto.

En esos meses se le pegó mucho a su pariente. Él tenía doce y el otro unos dieciséis; pero no era como otros gurisones de su edad, el primo. Él tampoco.

El tiempo muerto de ese verano lo pasaron casi todo juntos. Excepto las veces que el padre del primo se cansaba de verlo tan pajarón y se lo llevaba con él unos días a trabajar al campo. Nunca eran más de dos o tres pues, en el campo, seguía siendo un pajarón y el padre lo aguantaba menos. Y esas pocas semanas, para carnaval, la tía hizo alianza con otra madre y lo pusieron de novio con Noelia, una muchacha preciosa, pero rara. Justo para carnaval, cuando él había hecho muchos planes para los dos: desde andar de mascaritas hasta empapar a baldazos a las chicas del barrio para que la ropa se les pegara al cuerpo y pudiesen verles la bombacha y el corpiño. El noviazgo abrupto no le dio tiempo ni a contarle al primo aquellos planes.

Esas semanas, cada vez que iba a buscarlo para salir a cazar, su tía, sin invitarlo a entrar, desde la puerta nomás le decía: se fue a hacer novio.

Le daba bronca y a veces se quedaba sentado en la vereda a esperarlo. Pero si la tía lo veía, salía con la escoba, como si estuviese por barrer, aunque más que eso era una amenaza: andá, dejá de escorchar acá, andá a jugar con gurises de tu edad.

No tenía más remedio que marcharse. No podía pedirle a su madre que intercediera.

Entonces se metía en los galpones del ferrocarril. Buscaba el sitio más fresco y oscuro que siempre olía a orines, aceite y humedad. En su escondite imaginaba qué estarían haciendo el primo y Noelia.

La primera vez que se habían desnudado para meterse al arroyo, lo había impresionado su cuerpo. Flaco, fibroso, con una cicatriz ancha que le asomaba entre los pelos y le subía por la ingle, casi hasta el hueso de la cadera. La cicatriz de una operación. Y la verga, larga y gruesa. El primo se había mandado de un galope al agua y esos metros que trotó, el pedazo chicoteó para los dos lados como, si al fin y al cabo, fuese más liviano de lo que parecía a la vista. Pensaba en el primo haciéndoselo a Noelia. Ella era flaquita, tetona pero sin culo, de caderas estrechas así que debía dolerle cuando él se la metía y Noelia debía morderse los labios para no gritar. Capaz que ni siquiera llegaba a penetrarla y tenía que conformarse con puertear. La guasca abundante y pegajosa debía enchastrarle los muslos y las nalgas a la estrecha Noelia.

Una tarde volvió a golpear su puerta, más por rutina, para molestar a la tía, que pensando en encontrarlo. Fue él quien abrió. Le dio unas palmadas en el hombro, sonriendo, se metió y volvió a salir con la escopeta y una cantimplora. Echaron a andar hacia las afueras.

—Pensé que estarías haciendo novio —le dijo recién cuando pisaron campo.

—No andamos más.

—¿Por?

—Nos aburrimos. Fue todo una tramoya de las viejas.

—Mejor —se animó a decir y el primo se encogió de hombros.

Esa vez también se metieron al arroyo y cuando salieron se pusieron los calzoncillos sobre el cuerpo mojado y jugaron a la lucha libre. El primo era más fuerte, pero le daba ventaja. En una toma, quedó de espaldas sobre él, el brazo de su pariente cruzado entre su pecho y su cuello, manteniéndolo inmovilizado. Dio unas pataditas para liberarse, pero lo tenía bien agarrado y ya le faltaba el aire. Se quedó quieto. Por sobre la tela mojada del calzón, justo en la raya, sintió el bulto grande y endurecido. El primo lo soltó enseguida y se vistieron callados.

El verano terminó tan rápido como había empezado y él tuvo que volver a la escuela, los horarios, las pequeñas obligaciones. Al primo el padre lo mandó a Buenos Aires a trabajar en la verdulería de unos amigos. Volvió una o dos veces ese año, pero él recién se enteró cuando ya había vuelto a partir.

Nunca llegó a preguntarle por qué matar una garza traía mala suerte, pero cuando se topaba con alguna la dejaba ir, por las dudas.

En sueños sí llegaba a tirar del gatillo. Siempre era de noche, en un campo plateado por la luna. El corazón le latía muy fuerte mientras se acercaba a la presa caída y cuando se inclinaba sobre el manto de plumas blancas a veces el pájaro tenía el rostro de Noelia y a veces, el del primo.

La camaradería del deporte

Cuando salió de su casa, Laura vio que el cielo empezaba a cubrirse de nubes ligeras y entrecortadas y que se había levantado viento, así que volvió a entrar y agarró un saquito. Caminó rápido las dos cuadras oscuras que la separaban de la avenida. Los mocosos del barrio no dejaban una lamparita sana.

—Puta que los parió, pendejos de mierda —pensó, y enseguida sonrió recordando que ella y sus amigos, de chicos, hacían lo mismo y había sido divertido.

Sobre la avenida había un poco más de luz. No andaba un alma. Miró el reloj: dos y treinta y cinco. Con tal que el Rojo no hubiese pasado ya. Prendió un cigarrillo y miró para el lado contrario a ver si venía Mariana. Nada.

—¿Se habrá dormido esta boluda? —pensó, dando un bostezo y largando humo, todo junto. Justo ahora que estaban más estrictos que nunca con el tema del horario. El puto ese de Sosa, desde que lo habían ascendido a supervisor, se había olvidado que hasta hacía un mes estaba achurando pollos igual que todos ellos.

Vio la trompa del Rojo asomarse a tres o cuatro cuadras y se apuró a terminar el cigarrillo. Escuchó un ruido a sus espaldas, dio vuelta la cabeza y la vio venir a Mariana, corriendo y haciéndole señas con los brazos. En un minuto estuvo junto a ella. Se agarró de su hombro con una mano mientras que con la otra se agarraba el pecho.

—Pensé que no llegaba —dijo jadeando.

—Estás hecha mierda, boluda —dijo Laura, estirando un brazo para parar el colectivo, aunque los choferes ya las conocían y paraban solos.

La puerta se abrió con un resuello y subieron.

—Pero qué cara está la sandía —dijo Raúl, el chofer de turno, mirando a Mariana a través de los espejos de los Ray-Ban que no se quitaba nunca.

—Ay, callate, Raúl, estoy muerta.

—La noche se hizo para dormir.

—Entonces me querés decir qué mierda hacemos nosotros levantados a esta hora —dijo Mariana y los dos se rieron.

—La semana tendría que empezar el martes —dijo Raúl dando marcha y devolviendo el coche al asfalto.

—Apoyo la moción —dijo Mariana yendo para el fondo a sentarse con Laura en uno de los últimos asientos dobles.

Laura estaba del lado de la ventanilla, mirando hacia afuera. Aparte de ellas dos, había un tipo joven que venía dormido y una mujer cuarentona vestida de enfermera.

—¿Qué pasó? ¿Te dormiste?

—No. Seguí de largo.

—Ponete las pilas, boluda. Mirá que Sosa no te va a dejar pasar una.

—Ese conchudo. Al final estábamos mejor con Cabrera. Era un pesado, pero por lo menos te dibujaba la ficha. Pobre. ¿Se sabe algo?

—Lo último que supe el viernes es que está igual. Lo peor es que cuando se le terminen los días de internación se lo van a tener que llevar a la casa.

—Pero si es una plantita.

—Para lo que les importa a los de la mutual. O se lo llevan o lo desenchufan. Se lo dijeron bien clarito a la mujer. Pobre mina. Por ahí lo mejor es que lo desenchufen y listo.

—Callate, Lauri, no digas así.

—Y bueno, nena. Así como está no es vida ni para él ni para la familia. ¿Cómo estuvo el partido?

—Ni me hablés. Para atrás.

—Quise seguirlo por la radio. Pero el pelotudo del marido de mi tía, desde que el pendejo más chico juega al básquet, no escucha otra cosa. Se piensa que el pendejo los va a salvar a todos.

—¿Cuál?

—El Gerardo. Es de los más chicos. No sé si lo conocés.

—Bueno. El partido en sí no valió nada. No sé qué les pasaba a los vagos. Los nuestros no daban pie con bola. Y los de Bovril son unos paquetes de yerba, pobres. Pero así y todo no les pudimos meter ni un solo gol, ni de rebote.

—A la noche te iba a llamar a ver si hacían algo. Pero con el embole que me pegué en ese bodrio de fiesta ni ganas tuve.

—¿Qué me dijiste que festejaban?

—Las bodas de oro de mis abuelos. Yo ni en pedo estoy cincuenta años con el mismo tipo.

—Sí, qué embole. Pero bueno, capaz que se quieren, ¿no? ¡Pará! No te conté lo que pasó.

—Tocá el timbre, Marian, que el Raúl está dormido.

—Después me dice a mí, el paspado.

Pasaron el portón y subieron la explanada de cemento que conducía al edificio chato, cuadrado, iluminado por luces blancas, de morgue. Pintado sobre la pared un cartel anunciaba Pollos Cresta Dorada. A un lado del acceso de entrada a las oficinas de la administración se alineaba una veintena de bicicletas inmóviles. Saludaron a algunos compañeros que, ya enfundados en el uniforme blanco, con las botas de goma puestas, terminaban sus cigarrillos en la puerta. En el pasillo, de pie al lado de la máquina de fichar, estaba Sosa sonriendo bajo la luz fluorescente que le acentuaba el azul de la barba recién afeitada.

—¿Cómo les baila a las chichis? —dijo haciéndose el gracioso.

Mariana y Laura le respondieron con un seco qué hacés, Sosa; buscaron sus tarjetas en la pared y las metieron en la ranura de la máquina.

—Por un pelito no me llegan tarde —dijo Sosa consultando su reloj—. Así me gusta. No sea que después pierdan el presentismo.

Las chicas, sin mirarlo, devolvieron las tarjetas a su sitio y caminaron pasillo arriba rumbo a los vestidores.

—Este es un pajero marca cañón —dijo Mariana—. Me dan unas ganas de cagarlo a bollos...

—Dejalo. No le des bola. A estos tipos lo que más bronca les da es que los ignores.

En el vestuario, se desnudaron y se pusieron los uniformes blancos. Colgaron la ropa de calle y la guardaron cada una en su respectivo casillero junto a los zapatos. Después se sentaron en un banco largo para ponerse las botas de goma, también blancas. Por último se ajustaron los gorros de tela, metiendo adentro hasta el último mechón de cabello.

—¿Da para que nos fumemos un pucho a medias? —dijo Mariana.

Laura miró el reloj.

—No, mejor vamos. Ya estamos en hora.

—Puta madre.

—Oíme, ¿y vos por qué seguiste de largo? —le preguntó a Mariana—. ¿El Néstor no se iba a Mendoza el viernes?

—Ajá.

—¿Y se fue?

—Sip.

—¿Entonces?

—Es la hora de abrir pollitos, mami. Después te cuento.

El turno en el frigorífico es de tres de la mañana a doce del mediodía. A las ocho, los empleados tienen media hora para tomar un café y comer algo. Laura y Mariana salieron a la explanada de cemento con vasitos de papel humeantes en la mano. El día seguía nublado y ventoso.

Se sentaron sobre un murito largo donde otros empleados también bebían café o tomaban mate y fumaban.

—¿Entonces? ¿Con quién estabas anoche, turra?

—Me fui a tomar algo con el Chilo.

—¿Con el Chilo? ¿Y la novia? Si la Colorada no lo deja ni a sol ni a sombra...

—Parece que se tomaron un tiempo. No sé... Uy, pará, callate que ahí vienen las Trillizas.

Las Trillizas trabajan en el peladero, donde recién comienza el proceso: los pollos les llegan sin cabeza y llenos de plumas, todavía calentitos. No son hermanas ni parecidas, pero como siempre andan las tres juntas les pusieron las Trillizas. Una, la que lleva la voz cantante, es muy alta. Las otras dos, petisas, siempre van una a cada lado de la Alta, flanqueándola.

—Qué tole-tole se armó ayer, eh... —dijo la Alta.

—¿Por qué? ¿Qué pasó? —preguntó Laura.

—Boluda, justo iba a contarte —dijo Mariana.

—Flor de quilombo —dijo la Alta—. Pensé que terminábamos en cana.

Las petisas se rieron.

—Pero cuenten, che. ¿Qué pasó? —insistió Laura.

—Contale vos porque yo me acuerdo y me empiezo a mear de la risa —dijo Mariana.

Las Trillizas también se rieron.

—Denle, boludas, que en un toque tenemos que volver adentro.

—Se armó lío con las nenas del "Defen" de Bovril.

—No digan. ¿Las Rusitas?

—Sí. Resulta que las gringas taradas estas se vi-

nieron todas vestidas iguales, de shorcito y remerita ajustada, tipo Las Diablitas, ¿me cazás?, pero con
treinta kilos más cada una. Todas de verde. Se habían
inventado cantitos y todo. Un cago de risa.

—¿Y se metieron en la cancha?

—No. Intentaron antes de que empiece el partido, pero el réferi las sacó carpiendo. No. Bardeaban
de afuera, con los cantitos bola esos que no pegaban
ni con moco. El partido empezó para atrás y fue todo
el tiempo para atrás. Un bodrio. Y las boludas estas
meta canto, levantando los brazos, meneando el culo
y toda la gilada esa. Cuestión que nosotras estábamos en los tablones de enfrente. Estábamos nosotras
tres, la Mariana, Anita, la Negra que cayó con dos
vagas más que siempre andan con los de Patronato,
no sé qué hacían ahí, venían de un asado, algo así,
no entendí bien. La cosa es que estaban con nuestra
barrita. Ahí, todas alentando, que esto, que aquello,
poniéndole el hombro. A los veinte minutos ya estábamos repodridas. No daba ni para putearlos. Parecían del regreso de los muertos vivos. Menos mal
que los rusitos del "Defen" estaban igual, porque nos
llegaban a meter un gol y ahí entraba yo misma en
persona a cagarlos a patadas en el ojete. Cuestión que
estábamos todas con la cara larga. Y enfrente las Rusitas que "dame la D, te doy la E, y te pido la F" y la
concha de su madre.

La Alta detuvo el relato para reírse a coro con
Mariana y las petisas y encender un cigarrillo.

Una ráfaga de viento arrastró varios vasitos vacíos.

—Me parece que se va a largar en cualquier momento —dijo Mariana mirando el cielo.

—En la radio dijeron que a mediodía —dijo Sosa que andaba merodeando entre los grupos de empleados queriendo meterse en alguna conversación—. No me van a decir que le tienen miedo a un chaparrón.

Ninguna le contestó.

—¿Y? ¿Cómo se preparan para el miércoles?

—¿El miércoles? ¿Qué pasa con el miércoles? —dijo la Alta.

—¿Cómo qué pasa? Jugamos contra los de Sagemuller.

—¿Eh? —dijeron las petisas a dúo.

—¿Quiénes "jugamos"? —preguntó la Alta burlona.

—Cómo quiénes. Nosotros. Cresta Dorada contra Molinos Sagemuller.

—Ah, bueh… —resopló Laura.

—Me imagino que van a ir a apoyarnos.

—¿Y nosotras qué tenemos que ver?

—Cómo qué tienen que ver. ¿No se van a todos lados atrás de la Unión ustedes?

—La Unión es nuestro equipo del alma, querido —boqueó la Alta olvidándose que Sosa, ahora, era un superior.

—Y nosotros somos el equipo del frigorífico. Y hasta donde sé todavía trabajan acá. Mirá vos —le respondió Sosa medio mosqueado.

—¿Y desde cuándo el peladero tiene equipo? —preguntó Mariana.

—Desde que yo soy el supervisor —dijo Sosa—. Es para promover la camaradería entre los empleados.

—Y eso ¿dónde te lo enseñaron? ¿En el Walmart? —deslizó Laura con ironía.

Antes de entrar en Cresta Dorada, Sosa había trabajado en el supermercado y siempre que podía traía a colación, ensalzándolas, las técnicas de mercadeo y adiestramiento del personal que propugnan las multinacionales yanquis.

—Con tal que a las mujeres no nos pongan a jugar al vóley —dijo la Alta apagando la colilla con un pisotón—. En el primer salto me quedo seca.

—Tendrías que dejar de pitar un poco —dijo Sosa.

La Alta lo miró como para comérselo crudo, pero no dijo nada.

—Bueno, muñecas. Adentro que se terminó el recreo —ordenó el supervisor.

—Pará, Sosa. Me estaba contando algo —se quejó Laura.

—A los chismes los dejan para cuando se juntan a tomar mate, chicas. Acá hay que trabajar. Después al que le tiran la oreja es a mí.

—Un cachito más, Sosa. Si vos no hubieses venido a interrumpir ya habríamos terminado.

—No vine a interrumpir. Vine a ponerlas al tanto. Si no fuese por mí, se pierden el partido. Ustedes también son parte del equipo, che. Después hablen con las chicas de la administración que están preparando algo para el miércoles.

Las cinco se miraron: no se podían ni ver con las que trabajaban en las oficinas.

—Sí, sí —dijo Laura—. No te preocupés. Pero bancanos un ratito más.

—Está bien —suspiró Sosa—. Vamos a hacer de cuenta que mi reloj está atrasado cinco minutos. Por esta única vez. Para que después no anden hablando por atrás y diciendo que soy un buchón. Para que vean que, aunque me ascendieron, sigo siendo uno de ustedes.

Sosa se fue a arriar a otro grupo y la Alta terminó su relato.

Las Rusitas son las esposas, novias y hermanas de los Defensores de Bovril, un equipo de la Liga Rural que dos por tres se enfrenta con Unión de Paraná, el cuadro que siguen las chicas.

No hay rivalidad entre los equipos, pero sí entre la hinchada femenina que se tiene pica desde hace rato. Las seguidoras del Defensores se sienten ninguneadas por las de la Unión, menospreciadas por ser del campo y protestantes, y tienen terror de que alguno de sus muchachos se meta con una de Paraná, por eso los acompañan a todas partes y siempre están a la defensiva.

Ese domingo, como contaba la Alta, se vinieron preparadas con sus atuendos verdes —el color del equipo—, medias bucaneras, cánticos y coreografía. Dispuestas a lucirse. De habérselo permitido, habrían entrado a la cancha a animar a su "Defen" querido antes del partido y así dejarles bien clarito a las paranaenses que los botines de Bovril tienen quien los lustre. Sofocada su primera ofensiva, no se desanimaron. Si sus muchachos dejaban todo en la cancha, ellas iban a dejar todo del tejido para afuera. La premisa era no parar de animar ni un minuto. Algunas tendrán cierto sobrepeso, como dijo la Alta, pero todas están acostumbradas al trabajo duro del campo y tienen aguante para rato.

Las chicas de la Unión estaban malhumoradas por el desarrollo del partido y encima les daba todo el sol en la tribuna, en una tarde bastante calurosa. Pero, si no hubiese aparecido la Shakira, seguramente la cosa no habría pasado de una andanada de insultos de tribuna local a visitante y algún empujón en el baño de mujeres.

La Shakira es una travesti afamada de avenida Ramírez, en la zona de la Terminal. Pero antes de transformarse en "la Shakira" jugó en las inferiores de la Unión y a la albiceleste la lleva metida en el pecho. Siempre dice que su amor por el fútbol empezó en la cancha y siguió en los vestuarios. En el club todos la quieren. Las malas lenguas dicen que de vez en cuando les anima las fiestas a los jugadores, pero si alguien se atreve a mencionarlo la Shaki se enfurece: vos qué te pensás, que los de la Unión son bufarrones, es la respuesta más suave que le merece un comentario de este tipo.

La cuestión es que ese domingo la Shakira entró haciendo crujir el tablón con sus tacos aguja. No tenía un buen día. Andaba de amores con un médico del Centro y el hombre la tenía a las vueltas, mareándola con promesas falsas. Esa madrugada habían terminado a las puteadas. Y la Shaki vino a la cancha a descargarse.

Preguntó cómo iba el partido. Recontra para atrás, le dijeron, y encima nos tenemos que aguantar a las conchudas estas haciéndose las porristas.

Los ojos de la Shaki, impenetrables detrás de los lentes negros, encontraron rápidamente el objetivo.

—¿Qué pasó? ¿Se incendia el monte que salieron

todas las cotorras? —dijo—. Ya les voy a dar a estas, venir a hacerse Las Diablitas acá.

Apenas empezado el entretiempo, se paró, se acomodó la pollerita de jeans que se le había arremangado y puso las manos en las caderas.

—Síganme las buenas —dijo y volvió a hacer crujir los tablones de la tribuna, bajando sin mirar dónde pisaba como las vedettes del teatro de revistas.

Las otras se miraron. No sabían qué planeaba la Shaki, pero estaban dispuestas a acompañarla hasta el final.

Pasaron atrás del arco y se ubicaron, disimuladamente, en el lado visitante. Las Rusitas seguían en la suya, cantando y bailando, dispuestas a no parar, pasara lo que pasara. Dos o tres se habían salido de la fila y tomaban agua de unas cantimploras y elongaban preparándose para volver a entrar cuando la coreografía lo permitiera.

Comenzó el segundo tiempo. La Shaki, sin aviso previo, saltó como un gato sobre el tejido, metió la punta de sus botas entre la malla de alambre y los dedos de largas uñas rojas y trepó un trecho. Frotándose contra el tejido fue levantándose la musculosa hasta que las tetas le quedaron al aire. Prendida del alambrado empezó a moverse para atrás y para adelante y con un grito digno del gol que nunca hubo en ese partido aulló: Booooooovriiiiiil, haceme un hijooooo.

Por unos segundos todo pareció congelarse. Las Rusitas siguieron cantando y bailando, tratando de no perder el ritmo, pero todas miraban azoradas a la Shakira que seguía meneándose en las alturas. El suyo fue un alarido de guerra. Pasado el momento de sorpresa, el resto de las chicas de la Unión se tiraron contra el tejido y empezaron a escalar y la consigna: Bovril, haceme un hijo, fue creciendo, violenta como una ola, tapando los versos con ritmos de Ricky Martin y la Shakira colombiana que las Rusitas coreaban a grito pelado, ya sin preocuparse en mantener los tonos, intentando vanamente acallar ese otro, obsceno y diabólico, dirigido a sus maridos, novios y hermanos.

Cuando vieron que con las canciones no iban a ninguna parte, largaron los carteles y las porras y se fueron contra las de la Unión a desengancharlas del tejido de los pelos. Terminaron todas revolcándose en el piso: Anita, las Trillizas, la Negra y sus amigas de Patronato, todas contra las Rusitas. Menos Mariana que se demoró en el baño y llegó cuando la batalla había comenzado. Y la Shakira, que tenía por regla no pegarle nunca a una mujer y se bajó sola del tejido y fue a la tribuna a fumarse un porro y ver el espectáculo junto con los hombres que no se decidían a separarlas.

Laura y la Alta se separaron a las carcajadas en el pasillo y volvió cada una a su trabajo: todavía les faltaba completar la mitad del turno.

Mariana y Laura están en la parte de evisceración, una de las etapas finales del proceso de faenamiento: el pollo se desliza por la cinta, pelado y con un corte vertical en la pechuga, ellas meten la mano, sacan las achuras, desechan lo que no sirve, separan los menudos, los meten en pequeñas bolsitas y otra vez al interior del pollo. Para esta tarea son más eficientes las mujeres pues sus manos pequeñas pueden introducirse rápidamente en el tajo. Aunque usan guantes, la blandura tibia de las vísceras traspasa el látex finito y por más que llevan varios años haciendo lo mismo, no pueden evitar retraerse de asco cada mañana cuando meten la mano por primera vez. Después se acostumbran y al tercer o cuarto pollo las yemas de los dedos pierden toda sensibilidad y actúan como ganchos mecánicos.

Laura estuvo el resto del turno riéndose sola con el relato de la Alta.

Al mediodía volvieron al vestuario, se ducharon y se rociaron un tubo entero de desodorante en todo el cuerpo. Por más que se fregaran y se perfumaran, el olor a pollo las seguía como un perro.

Volvieron a ponerse sus "ropas humanas", como decía Laura; pasaron por la máquina de fichar y salieron.

—Estoy molida, boluda —dijo Mariana.

En la parada de colectivos prendieron un cigarrillo. El día seguía encapotado, húmedo y ventoso, típico de la primavera en Paraná.

—Así que se fueron a tomar algo con el Chilo.

—Ajá. Parece que se va.

—¿El Chilo? ¿Adónde?

—A Buenos Aires. Hay una punta para que se pruebe en un club de la provincia. En Lanús.

—Mirá vos. ¿Y se va nomás?

—Y sí… tiene que aprovechar, no le queda mucho tiempo. Tiene parientes allá. Un tío que tiene un lavadero. Al principio va a laburar con él. Por eso se peleó con la Colorada.

—Sabés que nunca entendí, Marian.

—¿Qué cosa?

—El Chilo y vos. Desde los doce años que van y vienen. Cada uno ha tenido novio y novia y siempre viéndose. El Néstor es muy bueno, pero…

—¿Pero qué, che? Yo al Néstor lo quiero.

—Pero del Chilo siempre estuviste enamorada.

—Y bueno, Lauri, a veces las cosas se dan así y hay que tomarlas como vienen. Qué querés que te diga.

—¿Por qué nunca se jugaron por lo que sienten?

Mariana aspiró la última pitada y tiró la colilla de un tincazo. Los ojos le brillaban.

—Ahí viene, Lauri.

El colectivo frenó y subieron. Venía repleto. Se tomaron del pasamanos, en silencio. De repente, Mariana dijo:

—Bovril, haceme un hijo. Qué loca esta Shakira.

Las dos se rieron.

El regalo

Puso la caja cuadrada, de cartón, enorme, envuelta en papel estraza y asegurada con varias vueltas de piola, sobre la cama de los padres y se sentó al lado con las manos cruzadas sobre las rodillas.

La habitación estaba en penumbras, con los postigos cerrados. Hacía calor. Uno de los perros, el galgo atigrado que dormía en la cama de la hermana, abrió un ojo ámbar y la miró sin levantar la cabeza apoyada en las patas delanteras. Movió la cola finísima, larga y dura como un látigo, sobre las sábanas revueltas y volvió a caer en el sueño. En el sopor de ese verano interminable, seco, que abre rajas en la tierra del ancho del dedo de un hombre.

Miró de reojo la caja. Sentía en los labios la raspadura de los troncos colorados de la barba de tres días del Gringo.

Había bajado de la F100 flamante, roja, con los parachoques cromados. Una camioneta nueva con cada cosecha. Había salido del interior de cuerina negra cubierta de polvo del camino y pisado el suelo con sus botas también recién compradas, de cuero de yacaré y puntas de acero, los vaqueros roñosos, bien ajustados, marcándole la hombría.

Ella y la hermana, un paso detrás del padre, lo recibieron en la entrada.

La madre se había quedado bajo los árboles, esperanzada de que el Gringo, en este viaje, le trajera al hijo. Pero no. Vino solo.

Antes, los cuatro, el padre, la madre, la hermana y ella estaban despatarrados en las sillas, en la sombra de las copas inmóviles pues no corría una gota de viento, callados porque parecía que hasta hablar daba más calor. La madre abanicándose con una revista vieja. Ella fue la que se puso de pie de golpe y dijo:

—Viene el Gringo. Oigo su camioneta.

Parece imposible reconocer el motor de un vehículo que cada vez es uno nuevo, pero la madre acierta siempre. Sexto sentido. O instinto materno. O rara habilidad en una mujer que no se destaca por sus habilidades. El padre había hecho un gesto, desacreditándola, pero igual los tres pararon la oreja. Y sí, a lo lejos se escuchaba algo.

El padre se levantó de la silla y caminó unos cincuenta metros hasta la entrada. Se puso la mano sobre los ojos. Vio la polvareda y delante un punto metálico moviéndose a toda velocidad, tomando rápidamente el contorno de un coche. Podía ser el Gringo como cualquier otro, pensó para sí por no dar el brazo a torcer. La hermana y ella también abandonaron sus asientos, pero se quedaron en el lugar. La hermana se puso en puntas de pie como si desde allí pudiera ver algo la muy tonta.

La madre se agarraba el escote del vestido con un puño como si el corazón fuera a saltarle del pecho.

Recién cuando la trompa de la camioneta apareció en su campo de visión, las chicas corrieron atrás del padre. La madre no. Se quedó en su sitio con la revista colgando de una mano y la otra mano en el surco de los pechos, seguramente rezando para que Dios pusiera a su hijo en el asiento del acompañante.

El padre y el Gringo se abrazaron, se estrecharon las manos, se palmearon las espaldas, volvieron a abrazarse. La hermana también fue y lo abrazó al recién llegado. Ella le sonrió, pero no se movió. Ya estaba grande para ir a colgarse del cuello de un hombre.

El Gringo bajó varias cajas y dejó para el final la caja más grande.

—Esta la manda especialmente para vos —le dijo.

Ella se adelantó para agarrar la caja y el Gringo no terminó de soltarla del todo.

—Si no me das un besito no te la doy.

Ella tironeó un poco.

—Sin beso, no hay regalo. ¿O querés que le diga a tu hermano que sos una desagradecida?

Ella estiró la cabeza por encima de la caja y besó la mejilla áspera del hombre. Tenía un olor dulzón a tabaco y caña Legui.

Entonces él soltó la caja bajando los ojos por la blusita translúcida y la pollera corta que dejaba al aire las piernas con la erupción tenue de las primeras afeitadas.

—Le voy a decir que se le está poniendo linda la hermanita —dijo en voz baja. Y enseguida—: Y usted, madrecita, no piensa venir a saludarme.

Ella se metió con la caja en la pieza. No se animaba

a abrirla. Quería retrasar todo lo que pudiera el momento. Su hermano había comprado un regalo para ella. Especialmente, dijo el Gringo. ¿Habría pensado en ella y buscado el objeto? ¿O habría visto el objeto y pensado inmediatamente en ella? Cualquiera de las dos opciones estaba bien. Su hermano, a quien no veía desde hacía tres años, le había mandado un regalo en una caja muy grande. No parecía tratarse de los frascos de agua de colonia que solía enviar. Ni de los jabones con formas de corazón o trébol que daba pena usar de tan amorosos que se veían, ni de los estuches de maquillaje que seguían intactos en un cajón de la cómoda porque el padre no la deja pintarse todavía. Tampoco de las blusas bordadas y con festones que son preciosas pero tampoco las usan porque estarían muy de moda allá, pero acá. Todo comprado en la frontera con Paraguay. En el mercado negro, había escrito su hermano en una carta y ella sintió el vértigo de la ilegalidad, del contrabando.

El Gringo no es tanto mayor que su hermano. Pero el Gringo es el patrón y eso hace la diferencia. Es el patrón de su hermano y en cierto modo de toda la familia que espera los giros y las encomiendas que el hermano manda desde Formosa, donde trabaja los campos del Gringo. Con lo que el padre hace acá en el campo, con la sequía de este año y las vacas que se caen de flacas, no podrían vivir.

¿Pensaría en serio el Gringo que ella se estaba poniendo linda?

Desde afuera le llega el rumor de la conversación animada, risueña, que crece bajo la sombra de los árboles. Seguramente el padre sacó la damajuana del pozo de agua donde la sumerge para que el vino se mantenga fresco. Es probable que el Gringo se quede a comer como siempre que viene. Se queda a comer y el padre y él se emborrachan como si el Gringo no fuese el patrón sino un hijo más. Pero ahora está claro que el Gringo no es como su hermano. Siente los labios cortados por la barba del Gringo como si hubiera atravesado desnuda un monte de espinillos.

Le da vergüenza salir ahora después de esconderse en la pieza como un animal arisco. Con qué cara caer bajo los árboles ahora que están todos alegres y achispados.

¿Qué habrá dentro de la caja? No puede adivinar así que fantasea con cosas improbables. Como un mono marrón clarito con una larga cola que le permite agarrarse de las ramas de los árboles, de esos que el hermano contó en una de las cartas que hay pila en el Norte. Pero si fuera un mono, la caja tendría agujeritos para que respire.

El galgo atigrado gime, se le encrespa el lomo y le tiemblan los carrillos enseñando la doble hilera de dientes afilados. Está soñando quizá una pelea de perros. Este galgo participó y perdió en una carrera de caza a la liebre. Fue por unos meses una gran promesa para su padre. Lo crió y lo entrenó, pero puesto en la pista fue un fracaso. Al galgo lo trajo el hijo, de cachorrito, y le metió en la cabeza al padre que ganarían fortuna. Se apuesta fuerte en las carreras de galgos, eso es verdad. Pero el hijo se fue dejando al perro, una preciosura de animal, con el cuerpito marrón y las rayas oscuras, la cara picuda. Se fue dejando la promesa, como dejó los huevos de tortuga enterrados en el patio. Hace un rato, en cierto modo, el Gringo le ha dicho que ella promete ser una mujer hermosa. Pero a su edad, que no es mucha ni es poca, ha visto tantas promesas romperse en el aire. ¿Para qué sirve una promesa si no se cumple?

Se va haciendo la noche. Por las hendijas de los postigos le llega el olor a leña quemada. Están preparando un asado. En algún momento habrán salido en la camioneta velocísima a comprar la carne y más vino y tal vez sidra helada para las mujeres. Su hermana habrá ido con ellos, seguro.

El galgo se espabila. Se estira sobre sus cuatro patas largas y flacas. Si no oliese tanto a perro podría pasar por un gato grande, por lo delicado. Salta de la cama, sus uñas negras se clavan en el piso de tierra, acomoda las vértebras del esqueleto, bosteza abriendo su fino hocico y sale por la puerta al patio, la noche, la fresca.

Ella se decide y desanuda los piolines, rompe el papel —oyó que romper el papel trae buena suerte—, abre la caja.

El acordeón a piano verde niquelado, con sus teclas de nácar, resplandece como una de esas víboras gigantes que, dicen las cartas de su hermano, son muy comunes por allá.

El dolor fantasma

—¡La comidaaaa!

El grito de Chica entró por la ventana abierta del taller, nítido, atravesando todo el parque, como si el aire del verano lo cargara en brazos, como a un niño. Sara sonrió y se irguió sobre el banco de trabajo, acomodándose las vértebras. Juntó en una pila los papeles con anotaciones y dibujos y los metió en una carpeta. Como cada año, trabajaba en un nuevo diseño de prótesis.

Se bajó del banco apoyándose primero en la pierna sana y haciendo un ligero requiebre de cadera cuando la otra, la artificial, tocó el suelo.

Alrededor de las lámparas giraban polillas y otros bichos. La humedad, el calor, los hacía brotar durante la noche. Antes de apagar las luces, Sara paseó la vista por el taller ordenadísimo: Favio, el muchacho nuevo que había contratado para ayudarlas, se había pasado toda la semana limpiando y tirando cosas que no servían pero iban quedando por ahí. Ahora todo parecía haber encontrado su sitio. Hasta sus viejas piernas, una por cada año, cuarenta, colgadas de sus clavos en las paredes.

Su viejo se caería de culo si lo viera así al taller. Siempre había sido un despelotado.

Caminó desde el fondo hasta la casa con un rengueo suave. Con el tiempo había ido amansando ese cuerpo fuera de escuadra y ahora podía caminar casi con elegancia. Aunque Chica seguía riéndose de ella y de vez en cuando todavía sacaba a relucir aquel viejo chiste infantil:

—Guarda con los pozos, Sarita.

Comieron los tres en la cocina, mirando la telenovela, con las luces apagadas para que los bichos no se metieran en los platos. En vez de eso, se pegaban sobre la pantalla y Chica, que estaba más a tiro, a cada rato los espantaba con un chicotazo del repasador que, luego, se colocaba en el hombro.

Ellas dos hablaron de algunas pavadas. Como siempre que iba al pueblo, Chica había traído un montón de chismes. Favio comió callado, apenas levantó la vista del plato para posarla, como un insecto más, en la pantalla. Era un chico tímido, pero voluntarioso. A las dos les caía bien y las ayudaba bastante. Podría colaborar muchísimo más si Chica lo dejara. Pero ella siempre quería hacerlo todo. A Sara no le permitía levantar ni un cubierto.

Apenas terminaron de comer, Favio dijo buenas noches y se fue a su pieza. Le habían instalado un televisorcito chico para que pudiera mirar lo que quisiera.

Mientras Chica limpiaba la cocina, Sara fue a sentarse debajo de los tilos. Caminó despacio, con su ligero vaivén, sobre el césped cortado al ras, como los pelos de una alfombra o una barba prolija. A Chica le gustaba mantenerlo así, a pocos centímetros del suelo. En esta época, día por medio iba y venía por la enorme extensión de terreno empujando la podadora con la fuerza de sus brazos morenos, hombrunos, metiendo bulla a la hora de la siesta. No tenía caso pedirle que lo dejara para después, cuando el sol no estuviese tan bravo o cuando ella no estuviese descansando. Alguna vez le había dicho de comprar uno de esos tractorcitos para cortar el pasto, para que le resultara más liviano. Chica se había muerto de risa.

—Déjese de joder. Voy a parecer un mono arriba de esa cosa. Como esos monos de los circos que andan en triciclos de este tamaño.

Tampoco quiso ni oír hablar de que ese trabajo lo hiciera Favio.

—Mire si se electrocuta y hay que pagarlo por bueno.

Le encantaba el olor dulzón de los tilos florecidos, así que cuando se sentó en el sillón de mimbre, aspiró hondo y retuvo el aire hasta que empezó a marearse y lo fue soltando con pequeños soplidos. De la riñonera sacó la bolsita de tabaco y el papel y armó un cigarrillo. Así como había aprendido a fabricar prótesis mirando a su padre, también había aprendido a armar copiando sus movimientos. El viejo no se hubiese comedido a enseñarle ni una cosa ni la otra.

Desde allí podía ver la ruta que pasaba a unos doscientos metros, más tranquila a estas horas, algunos autos, pero sobre todo camiones. Los camioneros son duchos y saben, mejor que los conductores de veraneo, que más vale agarrar la fresca de la noche para viajar. En cambio, de día se llena de coches modernos y veloces, cargados hasta la jeta de valijas, tablas de surf, bicicletas, carpas... todos buscando empalmar con la interbalnearia.

Pitó y el dolor vino de golpe, haciéndola atorar con el humo.

La puta madre, pensó. Y enseguida se le vino a la cabeza el vozarrón fastidiado de su padre:

—No es dolor, es sólo un reflejo.

Durante años había tenido que escuchar esa mierda. ¿Por qué no te morís de una vez la puta que te parió?, escupió cerrando los ojos y volviendo a abrirlos de inmediato. Si los mantenía cerrados, la maldita frase se dibujaba en letras luminosas sobre sus párpados: es sólo un reflejo.

Pasada la primera piña, el dolor se fue quedando convertido sólo en una molestia. Volvió a prender el cigarrito y dio una nueva pitada, el gusto dulce del tabaco mezclado con el olor de las flores.

La vio a Chica salir de la casa con el canasto de ropa abajo del brazo y encaminarse al tendedero. Muerto el viejo, se había salido con la suya y armado el tendedero en el frente. Decía que ahí había "mejor sol y mejor viento" que en los fondos de la casa. Y en verano le gustaba colgar la ropa de noche porque "el secamiento era más suave" y las telas no quedaban duras. Esta Chica estaba llena de mañas.

La observó agacharse, tomar una sábana, sacudirla, prenderla con los broches. Fue repitiendo la acción a lo largo de toda la soga y después pasó a la otra. La luz le daba de atrás y su cuerpo aparecía dibujado a través de las sábanas como un monigote de sombras chinas.

Sara estaba cabeceando cuando sintió el tintinear de vidrios. Era Chica que venía a hacerle compañía. Traía una botella y unas copas.

—Compré un vinito hoy. ¿Quiere?

Se sentó enfrente y el sillón crujió bajo su peso. Sirvió un chorro en cada copa y brindaron por nada en especial, por costumbre.

Chica era la única familia que le quedaba. Se habían criado juntas, tenían más o menos la misma edad y aunque hasta habían ido a la misma escuela, desde que Sara entró en la adolescencia, Chica, su amiga, su compañera de juegos, pero también la hija de la sirvienta, empezó a tratarla de usted.

En un tiempo, como a los veinte, se había ido a vivir a la capital con un hombre. Estuvieron unos cuantos años sin verla, pero siempre llamaba por teléfono o escribía o le mandaba giros a su mamá. Volvió cuando la madre se enfermó. Nunca supieron qué había pasado con el tipo que se la había llevado, ni cómo había sido su vida con él. No hablaba de eso. Simplemente volvió y atendió a su madre y los atendió a ellos y nunca volvió a irse.

—¿Cómo anduvo hoy? —le preguntó Chica tomando un trago y mirándola a los ojos.

—Ahora me duele un poco.

—Es la humedad. Qué porquería. Espérese que ya vengo.

Era la única que siempre le había creído. Nunca su padre ni los médicos que todas las veces le salían con lo del reflejo.

Cuando comenzó a trabajar en el taller, aprovechó su trato directo con los clientes y, cuando su padre no la escuchaba, tímidamente, empezó a preguntarles. Casi todos eran hombres grandes, muchos más fuertes que su viejo, tipos acostumbrados al trabajo bruto, que pese a todo seguían activos. Algunos incluso habían perdido un brazo o una pierna en un accidente laboral. En el campo es bastante común. Otros, los más viejos, por diabetes u otras enfermedades. Sin embargo, todos terminaban confesándole, un poco avergonzados o como un secreto, lo mismo:

—Y sí… digan que no, pero de vez en cuando duele, Sarita.

Ahora Chica trajo un frasco con alcohol. Arrastró el sillón más cerca y se dio unos golpecitos en el muslo, como invitando a una mascota a treparse. Sara apoyó en la pierna de Chica su pierna sana. La otra se echó alcohol en las manos y empezó a masajearla con las palmas abiertas, fuerte, casi quemándole la piel. El tronco y la cabeza de Chica se movían también al compás de los masajes.

A su padre podría parecerle una locura, pero funcionaba, el dolor se iba evaporando junto con el alcohol.

—¿Mejor?

—Mucho. Tus friegas siempre dan resultado.

—No se crea que le va a salir de arriba, eh… dele, árme me un cigarro decente.

Le gustaba fumar, pero tenía los dedos toscos y torpes y sus armados parecían un pedazo de tripa. A veces Sara, cuando tenía tiempo, le preparaba una buena cantidad que ella guardaba en una cajita de lata.

A su viejo también le armaba los cigarrillos. Nunca le había enseñado nada, pero cuando descubría que ella había aprendido sola, no dudaba en sacar beneficio. No se acordaba qué había sido primero, si los cigarros o las prótesis. Lo que era seguro es que enseguida lo había superado: su padre, un ebanista mediocre, puesto a fabricar patas de palo (como les decía él), no era más que uno del montón. Ella le había dado a la empresa familiar el buen nombre y la calidad que tenía. Y estaba orgullosa de eso.

Muchos pensaban que su padre ya estaba en el negocio cuando ella había tenido el accidente e invariablemente se referían al destino como una especie de maldición. Sin embargo, había sido al revés: el accidente primero, después la fábrica. No hay desgracia sin suerte, decía siempre el viejo.

En los últimos años el trabajo había menguado bastante. La gente, aconsejada por los médicos, prefería las prótesis industriales aunque costasen una fortuna. Sara compraba y leía montones de revistas sobre el tema. Y en su taller estudiaba, experimentaba, buscando mejorar algún mínimo detalle. Creía que a pesar de los avances técnicos siempre habría románticos como ella que preferirían la ortopedia artesanal.

En silencio, se tomaron toda la botella. Chica tenía la cara colorada y a Sara le dio risa. La otra le siguió la corriente. Terminaron con los ojos brillosos.

Chica se paró y la ayudó a levantarse. La agarró por abajo del sobaco y medio la cargó sobre su hombro. Al principio trastabillaron, pero después le agarraron el ritmo y entraron en la casa topando muebles. Favio salió, alarmado y con los pelos revueltos, en calzoncillos, a ver qué pasaba. Verlo tan flacucho y pálido y lleno de granitos, cubriéndose avergonzado el bulto con las manos, las hizo doblarse de risa. Chica tuvo que tomar aire para ordenar:

—Vaya a dormir que acá no pasa nada.

Entraron al dormitorio y la ayudó a echarse sobre la cama.

—¿Todavía le duele?

Sara soltó unos borbotones más de risa antes de contestar:

—Ahora no porque estoy en pedo.

—Olvídese. Esta noche va a dormir como un bebé, Sarita.

—Dormí conmigo.

—Déjese de joder, con la calor que hace.

—Bueno, pero quedate hasta que me duerma. Tengo miedo de lanzar todo.

—Mire que es hinchapelotas cuando quiere.

Chica se tendió de espaldas a su lado. Se quedaron mirando las aspas morosas del ventilador de techo.

Sara le tomó una mano.

—Sos muy buena conmigo, Chica.

Y a Chica le agarró otro ataque de risa.

—Déjese de joder, Sarita. Parecemos dos torti-
lleras.

Off side

La herida era un lamparón rosa y nácar en la rodilla. Emilio le pasó un algodón con agua oxigenada y las burbujitas cubrieron la superficie. Con un movimiento suave estiró la pierna de Manu y acercó su boca y sopló. Estaba tan cerca que sintió el olor dulzón de la carne abierta. Sin apartarse ni dejar de soplar, levantó los ojos hacia el niño y dijo:

¿Duele?

Manu negó con la cabeza. El cabello transpirado, un poco largo, se le pegaba a la cara en la zona de las patillas y el cuello. Los ojos le brillaban porque un poco seguro le dolía. Si ahora aquí estuviera su mamá, no se comería los mocos, como dicen entre ellos, como dice el entrenador, ese imbécil.

Ya casi estamos.

Puso la pierna del chico sobre su muslo mientras revolvía en el botiquín, apoyado sobre el banco de madera, y sacaba gasa y cinta adhesiva y mertiolate.

Manu seguía sus movimientos. Cuando tapó bien la herida, le dio una palmadita en el tobillo.

Listo, campeón. Ahora quedate acá. Por hoy se terminó el entrenamiento.

Con exagerada lentitud el chico apoyó la pierna otra vez en el suelo y giró un poco el cuerpo para seguir a sus compañeros que corrían adentro del campo.

Emilio volvió a guardar todo en el botiquín y lo cerró y también ubicó el cuerpo en el banco como para seguir lo que pasaba atrás del tejido. Los chicos con remeras verdes y blancas, a rayas verticales, los botines, las medias hasta las rodillas. Como empezaba a oscurecer, los reflectores que rodeaban la cancha se encendieron automáticamente. De reojo lo miró a Manu que movía el torso y apretaba los puños. Se le notaba la ansiedad por haber quedado afuera de la práctica. Estiró una mano y apretó suavemente el pequeño hombro huesudo. El chico lo miró y le sonrió. Le faltaba un diente.

Ahora hundía las manos en el agua turbia de jabón y sacaba la esponja y la pasaba por la espalda de su madre. La piel tan finita que siempre tenía miedo de rasgarla como se rompen las sábanas viejas, gastadas, al mínimo roce. El verano pasado, sobre el final de esa misma espalda, también habían aparecido dos lamparones rosa. Escaras. La herida de Manu en unos días estaría forrada de piel nueva que enseguida tomaría el mismo color del resto del cuerpo azotado por las horas de juego al sol. En cambio, las heridas de su madre habían llevado semanas enteras hasta cerrarse, sobrecitos enteros de azúcar que él vertía a diario sobre los huecos en la carne, ella boca abajo sobre la cama, dócil como una muñeca.

Hoy estaba callada, la mirada perdida en los azulejos de la pared. Los huesos de las rodillas, puntudos, asomaban sobre el nivel de agua tibia. Ella estaba encorvada, rodeándose las piernas con los brazos, cubriéndose los pechos. Como no hablaba no sabía quién era hoy él en el universo de su madre. Por supuesto, no era Emilio, el hijo cincuentón y soltero que velaba por ella. Si es que hoy ella tenía hijo, su hijo no tendría más edad que Manu.

Puso una de las manos a modo de visera sobre la frente arrugada, justo debajo del nacimiento de los cabellos, también adelgazados por los años. Y con la otra mano apretó la esponja llena de agua, empapando la cabeza. Cuando todo el cabello estuvo húmedo, echó un poquito de champú y masajeó suavemente. Era tan pequeño el cráneo. Repitió la operación de la mano en la frente y la esponja estrujada hasta que quitó toda la espuma. Agarró una toalla y le pasó la punta por la cara para que ni un resto de jabón llegara a los ojos, fijos en los cuadraditos turquesa, en las junturas grises.

Arrodillado en el piso, junto a la bañera, miró a su alrededor. Las agarraderas de caño blanco, atornilladas en las paredes, por todas partes: junto al lavatorio, junto al inodoro, en el cuadro de la ducha y al costado de la bañera. Las había instalado él solo. Siempre se había dado maña con esas cosas. Miró hacia arriba. El techo estaba descascarado y negro de hongos. Tendría que rasquetear, enyesar y volver a pintar, pero ahora que estaban en época del campeonato interregional no tenía tiempo para nada. Si no estaba en el club, estaba atendiendo a su madre. Las horas que estaba en casa, se ocupaba él. El resto del tiempo tenía a dos señoras que se iban turnando.

Ni siquiera cuando la acostó, luego de secarla, peinarla y ponerle el camisón, abrió la boca. Ni le respondió cuando le dio un beso en la frente, olía a rosas, y le dijo hasta mañana. Se quedó de costado con los ojos abiertos, ahora clavados en el empapelado del dormitorio. Había días en que estaba como suspendida. Lo angustiaba cuando ella se ponía así, era como estar manipulando un envase vacío.

Se sentó un rato en el patio. Hacía tanto calor. Prendió un cigarrillo y fumó a oscuras. Mejor no encender las luces o se llenaría todo de bichos.

En un parate del entrenamiento, mientras les llevaba agua a los chicos, lo había visto a Maidana, el entrenador, llegar al trotecito al banco donde Manu seguía sentado. Maidana había hablado fuerte para que todos escucharan.

A ver, mantequita… pero si no te hiciste nada. Vamos, vamos adentro de nuevo. Que con mariconadas no se gana el inter, eh.

A través de la malla de alambre vio cómo lo agarraba de un brazo y lo sacaba del banco. Se acercó rápido.

Dejalo, Maidana, se abrió fiero la rodilla.

Maidana lo miró acomodándose la remera debajo de la pretina del short y sin dejar de mirarlo se metió una mano bien adentro y se agarró los huevos.

Qué sabrás vos, aguatero. Vamos, no sean maricas, tenemos que ganar el inter, carajo.

Siempre que quería ningunearlo le decía aguatero. Aunque él era el preparador físico del club.

Entró a la cocina y se sirvió un vaso de terma con soda. Recién eran las diez y media. Miró el teléfono, adosado a la pared. Lo estuvo mirando fijo un rato hasta que se decidió y marcó el número de la casa de Manu.

Esperaba que atendiera él, pero del otro lado oyó la voz de la madre, Diana. Era una chica simpática. Estaba recién separada y trabajaba de operaria en la planta procesadora de pollos.

Ella tardó unos segundos en ubicarlo.

Emilio, claro, sí, cómo le va.

Le preguntó por Manu y ella le dijo que jugaba en la calle con unos vecinos.

¿Cómo sigue de la rodilla?

Ella se quedó callada, otra vez tratando de ubicarse en la conversación.

Hoy se lastimó en la práctica. Le puse una venda.

Ah, ni idea. Llegué hace un rato. Estoy reventada. Pero no se haga drama, los chicos se golpean todo el tiempo.

Se sintió un poco ridículo y balbuceó unas pavadas más y cortó.

Al día siguiente, antes de la práctica, le cambió el parche de gasas y cinta. La herida iba sanando bien. En el fondo, no era más que un rasguño. Volvió a limpiar con agua oxigenada y mertiolate. El líquido fucsia manchó la piel del chico. Luego cubrió el apósito con una venda elástica, para que no se saliera del lugar con el ejercicio.

Manu le dijo que no le dolía nada y que había jugado como siempre. La venda vieja estaba sucia de tierra.

Anoche llamé a tu casa, a ver si estabas bien. ¿Te dijo tu mamá?

Manu se encogió de hombros y arqueó los labios hacia abajo. Una arruguita le partió la pera a la mitad. No, no le había dicho nada.

Ya está.

Dijo incorporándose. El chico le sonrió y levantó la palma para chocarla contra la de Emilio antes de salir al trotecito para la cancha.

Los últimos en salir habían dejado la ropa tirada sobre los bancos del vestuario. Las remeras y las zapatillas de calle, los shorcitos. Emilio empezó a recoger las prendas y a doblarlas.

Llegó al campo cuando ya estaban jugando. Apoyó la frente contra la malla y enganchó los dedos en los rombos de vacío que quedaban entre los alambres. En eso, Manu hizo un pase a un compañero que metió un gol. Los chicos corrieron a abrazarse y a él el grito se le escapó sin querer.

¡Bravo, Manu!

Cuando escuchó su nombre, el nene buscó con la cabeza. Él le levantó los dos pulgares y Manu le respondió levantando la mano hasta que otro compañero vino de atrás y se le subió a la espalda. Maidana también lo oyó y miró en su dirección, parado duro, los brazos en jarra.

¡Vamos! ¡Pongan huevo que esto recién empieza!

Al grito del entrenador, los chicos desarmaron el festejo y volvieron a sus posiciones.

Ahí se acordó del padre de Manu. El tipo venía a veces a los partidos. Estaba en el grupo de padres que se lo tomaban muy a pecho. Demasiado. Desde afuera de la cancha les gritaban a los hijos como barrabravas. Más de una vez terminaban agarrándose entre ellos, puteándose por el hijo pata dura que tenía el otro. Cuando ganaban un partido, el mismo grupo se juntaba en la cantina a tomar vino y a festejar como si los goles los hubieran hecho ellos. Desde que se había separado de su mujer, el tipo venía menos. Pero cuando venía se hacía notar. A Emilio le parecía que Manu le tenía miedo. Cuando estaba el padre, era un fantasma en la cancha.

Masajeó con cuidado las piernas de su madre. Los viejos, como los niños, tienen los huesos delicados. Ella estaba radiante y animada. ¿Qué edad tendría esta mañana? Apenas treinta. Una mujer joven, recién separada, el cuerpo firme, sin otra señal de maternidad que aquella horrible cicatriz en el vientre por donde lo habían sacado a él. Cuando estaba así le gustaba coquetear. A sus treinta a él, que tiene cincuenta, debía verlo avejentado y poco atractivo, pero no importaba, el juego de la seducción, de insinuársele a un hombre, la excitaba.

A Emilio lo ponía incómodo, pero al mismo tiempo lo alegraban esos momentos en los que su madre se sentía feliz, viva de una manera rabiosa. Él nunca se había sentido así.

¿Cuántos años tiene su hijo?

Preguntó al tiempo que la ayudaba a ponerse boca abajo para masajearle la espalda.

Tiene ocho. Si no me conociera ¿diría que es mi hijo?

No, pensaría que es su sobrino.

Ella soltó una risita.

¿Le gusta el fútbol?

Ah, sí, es muy buen jugador. Yo creo que con el tiempo podría probarse en un club grande.

Él sonrió. Pobre mamá. Siempre había sido un muerto en la cancha. Pasaba más tiempo en el banco que rompiendo el césped con los Sacachispas que pasaban, casi flamantes, a otro niño a medida que a él le iba creciendo el pie. Pero siempre le había gustado ver fútbol. Lo fascinaba la agilidad de los cuerpos desviviéndose atrás de la pelota, los abductores hinchados por la tensión, los gemelos gruesos como sogas, el cabello chorreando transpiración, las quijadas duras, los dientes apretados. Esos mismos cuerpos abrazándose, montándose por la espalda, cada vez que metían un gol. El grito que salía de las gargantas y raspaba y dejaba un regusto a sangre en la boca.

No sé a quién sale tan habilidoso, porque lo que es el padre…

Su madre dejó la frase colgando, invitándolo a que preguntara por el ex marido, que terminara ofreciéndose a consolarla.

Ya está, Iris, ya terminamos. ¿Se siente bien?

Ella giró la cara, apoyada en los antebrazos, y le sonrió.

Como una seda. Eso que tiene ahí no son manos: son dos milagros.

Mientras él se limpiaba las manos en la toalla, ella soltó la invitación.

Un día podríamos ir los tres a la cancha. Mi nene, usted y yo. A veces creo que él necesita un poco de compañía masculina, todo el día acá conmigo, pobrecito.

Claro, será un gusto, Iris.

Esa noche, Emilio se echó en la cama angosta, con la ventana abierta y el velador encendido, el ventilador de techo zumbándole encima del cuerpo. Las paredes estaban cubiertas de pósters de sus jugadores favoritos de todos los tiempos. Los más viejos ya tenían los bordes amarillos y las puntas despegadas. Arriba de una mesita tenía varios trofeos. No los había ganado él, los compraba en los remates. Le gustaban esas copas herrumbradas, de un dorado deslucido por los años. Eran pequeñas glorias de un pasado en el que no había participado.

Pensó en su madre, instalada en un pasado en el que él también aparecía borroso, como una foto mal sacada.

Manu lo hacía acordar a él cuando era chico, aunque Manu era más despierto. Ahora los chicos eran más espabilados. Sí, Manu saldría adelante, pensó dando un bostezo.

Él se había quedado ahí como detenido, en esa habitación de la infancia, en la casa natal, cuidando de su madre. Agarró el portarretratos de la mesita de luz. En la foto en blanco y negro tenía ocho o nueve años y miraba serio a la cámara. Como si ya a esa edad hubiese dejado de esperarlo todo de la vida.

Los conductores, las máquinas, el camino

La noche es más inmensa cuando el obrador está vacío. Las estrellas brillan más, pareciera; el silencio se vuelve materia: una tela tensa y resistente, de a ratos penetrada por el graznido de una lechuza o el bisbiseo de los murciélagos.

Ahora, la noche calmada. Hace un rato se apagaron los sonidos de la cumbia que estuvo sacándole chispas a la compactera desde la caída del sol hasta que todos se marcharon. Las brasas del asado también se apagaron, pero queda en el aire el olor a leña y a carne cocida.

Comieron todos juntos, tomaron vino y hasta se dejó arriar al centro del baile. Bailó un ratito con cada uno para que ninguno se pusiera celoso. Después los miró aprontarse para salir. Ella fumaba echada en una silla y ellos pasaron uno por uno para que les diera el visto bueno. El olor a desodorante y a colonia para después de afeitar llenó por un momento la noche como si estuviesen en el corazón mismo de un bosque de pinos.

Portate bien. Vos no chupés demasiado. Ustedes dejen algo de guita acá que después vuelven pelados y falta para cobrar la quincena. Manejen con cuidado. Pórtense como caballeros que bastante tienen esas chicas con el laburo que les tocó. Y vos cerrá el pico y no te metas en quilombos.

Cada uno se marchó con un consejo y con el pulgar de la Morocha levantado en señal de aprobación. Algunos deslizaron un "sí, mamá" o un "sí, querida", bromeando. Fueron trepando de a uno a las camionetas.

—¿En serio no querés venir? —preguntó el Rauli, un correntino veinteañero, muy educadito, que siempre está preocupándose por ella.

—Ni en pedo. Una vez que me puedo librar del olor a patas que tienen ustedes —contestó riéndose—. Andá nomás, Rauli, y vigilá que estos me anden con juicio.

El Rauli jugueteó un instante con las llaves de la camioneta, sin decidirse a marcharse, como si fuese a decir algo más, hasta que sus pasajeros empezaron a los gritos.

—Vamos, pendejo. Vamos que nos van a quedar las sobras.

Arrancaron todos, riéndose y a los gritos. Uno de la camada más joven empezó a cantar: *a brillar, mi amor, esta noche vamos a brillar, mi amor.* Ella los saludó con el brazo en alto y se quedó mirando hasta que los vehículos subieron a la ruta y los faros traseros se fueron haciendo cada vez más débiles.

Ahora, la noche sólo para ella. Se dio una ducha y se puso ropa cómoda, cambió los borcegos eternos por unas zapatillas que le regaló la Compañía en la última Navidad. Unas Adidas ridículas, color pastel, de esas que usan las mujeres para ir al gimnasio. Aunque cuando las vio soltó una carcajada y tuvo que aguantar las cargadas de sus compañeros, después terminó admitiendo que eran bastante cómodas.

Eligió la máquina más apartada de los reflectores que mantienen iluminado el obrador. La había estado manejando esa tarde y, a propósito, la estacionó fuera del círculo de luz. Una excavadora. Una de sus favoritas. Más pequeña que el resto, pero maciza. Le gusta ver cómo se hunde en el suelo y sale con la bocota dentada llena de tierra. Se sentó y apoyó los pies sobre el tablero. Dejó en el piso, a mano, el pack de latas de cerveza helada y tanteó el bolsillo de la camisa para comprobar que tenía los cigarrillos.

Ahora sí, su noche libre. El cielo cayéndose de estrellas. Pega una pitada, toma un trago y echa la cabeza hacia atrás para ver mejor. Recuerda la primera vez que vio una noche así. La única vez que fue de pesca con su padre. Tenía 10 años y los padres estaban separados. Un fin de semana que le tocó ir con él, la llevó a pescar. No le dijeron a la madre; seguramente él no lo creyó necesario, después de todo era el padre, tenía derecho. Sin embargo, tendrían que haberle avisado. No va que a su madre se le ocurre llevarle un abrigo porque había escuchado que iba a refrescar y encuentra la casa sola. Enseguida piensa que el padre la secuestró y se la llevó a Paraguay. Su madre y su inclinación a la tragedia.

Pero ajenos a todo eso, ella y su padre pescan a la vera de un río. Le parece que era un río, pero podría haber sido un arroyo o una laguna. Era pequeña y todo lo veía enorme. Los dos callados con sus cañas en la mano. Siente que tiran de la suya, siente un cosquilleo en la barriga, tira con todas sus fuerzas, en la punta de la tanza un pequeño pez plateado se retuerce contra el aire nocturno y da la impresión de que esparce polvo de estrellas, polvo de plata bajo la luz de la luna. El padre la felicita, la atrae hacia él y le besa el pelo. Saca con sumo cuidado el anzuelo de la boca del pez.

—Hay que soltarlo —dice.

—No —dice ella—. No, lo pesqué yo. Es mío.

—Hay que dejarlo ir. Es muy chiquito todavía.

—No. No quiero. Es mío.

—Hay que soltarlo. Que crezca. Cuando sea un pescado grandote vamos a volver a agarrarlo. Ahora no.

—Pero no quiero, papá.

El padre termina convenciéndola. Se meten los dos en el agua. Él le da el pez. Ella hunde las manos en la profundidad y las saca vacías.

Nunca volvieron a ver si lo atrapaban. Pensó que un día ella iba a ir de pesca con su hijo, que la escena volvería a repetirse. Pero eso tampoco pudo ser. Su hijo, como aquel pez, se esfumó de pequeño. Ahora no es más que unas fotos y la cicatriz blanca que le divide el vientre a la mitad.

Su padre no recuerda esa noche de pesca. Ella se lo menciona a veces, cuando lo visita en el geriátrico donde vive. Pero él mueve la cabeza y no dice nada. Se empeña en seguir mirando más allá del cerco de álamos que crece en el parque del mejor asilo que ella puede pagar. Los álamos con sus hojas plateadas, el ruido a papel estrujado que provoca el frote del viento.

Ahora, la ruta desierta. Al mediodía, cuando acaban de verter la brea hirviendo y de alisarla con los rodillos de las máquinas, el sol cae, vertical y poderoso, la cinta asfáltica brilla como la superficie de un río. Pero oscuro.

Por el carril viejo viene un camión doble acoplado cargado hasta las manijas. Pasa despacio, el motor sofocado por el peso, la cabina completamente iluminada por lucecitas de colores. Se lo imagina al conductor con el torso desnudo, la panza cayendo sobre el cinturón, la espalda vencida. Debe ir fumando y escuchando la radio para matar el tiempo, los kilómetros de a 80 por hora, encomendándose a la virgen protectora de los viajantes, y, por las dudas, también a la chica desnuda del almanaque. Él no puede verla, pero ella igual levanta la lata y dice buen viaje, amigo.

No termina de alejarse completamente cuando se escucha otro motor, pequeño, nuevo, poderoso. Un coche blanco se aproxima en la misma dirección que el camión, pero toma, por error o inconsciencia, el carril que están construyendo. Lo ve pasar como una flecha frente a ella. Se pone de pie de golpe soltando la lata. Sabe que no irá muy lejos. Cuando se termina el asfalto fresco, el auto comienza a dar tumbos. Se detiene a 1000 metros, tragado por la oscuridad.

Entonces ella baja de la máquina y empieza a correr. Las zapatillas responden; se ve que están hechas para algo más que gastar las suelas sobre una cinta magnética.

Llegan al mismo tiempo ella y el conductor del camión. Los dos echando bofes, fuera de estado.

La máquina, los camiones: es hermoso conducirlos, pero te arruinan para la vida pedestre.

El conductor del camión trae una linterna de las grandes. El auto está con las cuatro ruedas para arriba, contra un alambrado. Bajan los dos, entre los pastos. Él apunta con la linterna el interior del coche o lo que queda de él. Bajo el haz de luz, se topan con la cabeza del chico hecha puré contra el parabrisas. El hombre desvía rápidamente la linterna.

Me cago en la mierda, dice.

Se sientan en los yuyos. Todavía respiran agitados. El hombre apaga la linterna. Le convida un cigarrillo. Ella tiene ganas de llorar, pero se contiene. No es momento.

El conductor le pone una mano en el hombro, una mano pesada, con la palma endurecida por el volante. Para apoyarla a ella o buscando apoyo, no entiende bien.

Da una bocanada profunda y junto con el humo aspira el aire húmedo de la madrugada.

ÍNDICE